Face à la mort

Rémy Nollet

Face à la mort

Préface du général d'armée Christian Rodriguez,
directeur général de la Gendarmerie nationale

éditions du
ROCHER

Avertissement

Les événements relatés dans ce livre sont issus de faits réels. Pour respecter l'anonymat des intervenants, des victimes ou des auteurs, certains prénoms ont été modifiés. Sauf exception, les affaires judiciaires évoquées ici ont été classées ou jugées. Beaucoup ont été rendues publiques par la presse. L'auteur en donne une vision issue de son rôle dans l'affaire, et ne revendique en aucune manière détenir une vérité judiciaire.

Éditions du Rocher
28, rue Comte Félix-Gastaldi – BP 521 – 98015 Monaco

www.editionsdurocher.fr

ISBN : 978-2-268-10849-0
EAN Epub : 9782268108896

Préface

Regarder la mort en face

C'est pour la population que, chaque jour, nous nous engageons dans le but de prévenir, intervenir, réprimer, enquêter ou secourir. C'est là notre raison d'être. Et cet engagement a un prix que nous acceptons, quand bien même nous le redoutions : pour nous aussi, militaires de l'intérieur, la mort est une « hypothèse de travail[1] ». Une hypothèse concrète, quotidienne, charnelle même. Tout gendarme y est forcément confronté un jour ou l'autre, et à plusieurs reprises, au cours de sa carrière. On le sait, on tente de s'y préparer, on y pense parfois, jusqu'au jour où… Avec brutalité, elle finit toujours par s'imposer à nous. On ne peut jamais savoir à l'avance la forme que prendra cette confrontation. Il faut alors savoir y faire face avec sang-froid, mais surtout avec humanité.

Crimes, suicides, accidents ou morts naturelles. Nos rencontres avec la mort s'inscrivent dans la diversité des

1. J'emprunte cette expression si juste à l'ouvrage de Michel Goya, *Sous le feu. La mort comme hypothèse de travail*, Paris, Tallandier, 2014.

missions. C'est la mort constatée, annoncée, risquée ou déplorée ; la mort questionnée et même élucidée ; la mort reçue ou infligée ; la mort affrontée jusqu'à l'acceptation du sacrifice ultime. La mort d'une victime ou celle d'un camarade ; l'éventualité de la nôtre aussi. C'est la fin d'une vie au hasard de circonstances dramatiques ou bien dans la solitude d'une longue existence. C'est la tragédie frappant au détour d'une route escarpée ou trop familière, ou bien sur la paroi d'un massif montagneux. C'est le choix volontaire de partir, dans la souffrance ou l'apaisement. C'est la mort criminelle, orchestrée ou non, motivée par la jalousie, la rancune, la cruauté ou l'avidité. C'est aussi, j'y insiste, le sacrifice délibérément consenti ou librement accepté au nom des plus hautes valeurs morales.

Ces événements sont autant de motifs d'interrogation. Pourquoi l'annonce du décès à un proche est-elle plus éprouvante que la vision d'un corps meurtri par les coups ou par une chute violente ? Pourquoi le souvenir des échanges avec la famille du disparu demeure-t-il plus vivace que l'issue terrible des recherches ? Je pourrais multiplier les questionnements. Si la réponse est toujours personnelle, il y a toutefois certains traits que nous partageons tous. Car être gendarme, c'est protéger la population, et par là même assumer dans l'épreuve une empathie qui n'interdit pas la rigueur professionnelle – elle lui est même consubstantielle. En définitive, être gendarme, c'est aimer les gens et vouloir les aider, répondre présent quand ils ont besoin de nous. Cette ambition-là, je suis convaincu qu'elle nous réunit tous.

« Seules deux choses ne peuvent se regarder en face, écrivait La Rochefoucauld, le soleil et la mort. » Pourtant, le gendarme n'a pas le choix : il a le devoir de s'y confronter. Telle est la tâche difficile que lui confie la société. Le but de notre travail n'est certes pas de rencontrer la mort, ni même le résultat de son passage. Mais nous la fréquentons et nous l'acceptons. Qui sait, peut-être l'apprivoisons-nous ? Nous en connaissons du moins les manifestations physiques comme les conséquences psychologiques. Elle a une odeur que nous repérons aussitôt ; elle est une douleur que nous nous efforçons d'accompagner.

Lorsque nous appliquons les gestes techniques, les schémas tactiques et les procédures apprises et répétées – qui tout à la fois nous préservent et nous permettent d'accomplir la mission – nous n'en sommes pas moins traversés par cette radicalité existentielle. Elle nous marque longtemps. Elle nous colle à la peau, elle nous colle à l'âme. D'autant plus quand nous perdons l'un des nôtres en service ou qu'il nous revient, messagers du deuil, d'annoncer la terrible nouvelle aux proches. Dans ces moments si difficiles, notre humanité est la seule arme dont nous disposions pour tenir bon, pour rester droit.

À travers son récit, le colonel Rémy Nollet rend hommage, avec pudeur et profondeur, à tous ces gendarmes qui acceptent de croiser la mort dans leur travail. Ils sont des héros du quotidien, qui affrontent ce que nul ne saurait affronter à leur place, sans jamais baisser les bras ni se hausser du col. Mêlant témoignage personnel et réflexion plus générale, ce livre nécessaire restitue donc l'intensité de leur expérience pour la transmettre au plus grand nombre. Avec talent, le colonel Nollet parvient à décrire ces moments d'intimité absolue que nous avons tous connus dans notre carrière. L'humilité de son récit traduit une épaisseur humaine acquise au cours d'un riche parcours opérationnel; il en retient ici plusieurs moments forts qui ont suscité chez lui une émotion durable dont il sait interroger les ressorts avec délicatesse.

Je ne doute pas que tout gendarme, touché, s'y reconnaîtra, tant l'expérience décrite dans ce livre est universelle chez nous. Je ne doute pas non plus que les lecteurs profanes y découvriront avec passion une dimension trop méconnue mais essentielle de notre métier : l'humaine condition des soldats de la loi.

Général d'armée Christian Rodriguez,
Directeur général de la gendarmerie nationale

Introduction

Premier contact

Palaiseau, septembre 2002. Ma compagnie est à peine intégrée. Comme moi, mes camarades sortent de deux ou trois années de classe préparatoire. Les futurs ingénieurs que nous sommes viennent tout juste de percevoir leur « paquetage » militaire : treillis, rangers, casque lourd. Avec plus ou moins de bonne volonté, nous venons de nous approprier la longueur réglementaire des cheveux ainsi que la signification des « codes-barres » visibles sur les galons de nos officiers, qui essaient désespérément d'obtenir de nous un garde-à-vous à peu près réglementaire dès le petit matin.

Étonnante rentrée étudiante que celle de l'école polytechnique, qu'il convient d'appeler « incorporation ». Après avoir réussi un concours scientifique extrêmement sélectif, les élèves-ingénieurs ne vont pas tout de suite continuer à se former aux sciences, alors même que l'école bénéficie de professeurs renommés dans des disciplines très variées, de l'informatique à la biologie en passant par les mathématiques, l'économie et les sciences sociales. Du fait du statut militaire de l'école et de ses élèves, la scolarité commence par une année de « formation humaine et militaire », une immersion dans les forces armées après quelques semaines de formation spécifique. Vestige du service national, on l'appelle « l'année mili ».

Devant notre compagnie rassemblée dans un amphithéâtre du plateau de Saclay, les officiers recruteurs des forces armées passent tour à tour pour nous présenter les postes qui seront les nôtres selon nos affectations. Ce choix d'armée, qui résultera de notre fiche de vœux et de son traitement par la grande « magouilleuse », nous liera pour les sept mois qui suivront, nos « classes » à peine entamées. Nous allons d'ailleurs les poursuivre encore quelques semaines, en promotion complète, dans les montagnes des Alpes-de-Haute-Provence, à Barcelonnette, avant de rejoindre les écoles propres à chaque force.

L'armée de l'air nous promet un baptême sur avion de chasse et un brevet para. La marine nous propose d'embarquer au bout du monde. L'armée de terre vend tant bien que mal quelques postes en outre-mer. Vient le tour de la gendarmerie. Intérieurement, l'élève-officier polytechnicien est un brin moqueur. Que va-t-on nous offrir ? Un stage motocycliste ? Mais le lieutenant-colonel ne se démonte pas.

Au contraire, il nous provoque : « Qui parmi vous a déjà vu un cadavre ? Un vrai, tout frais, pas la mamie dans son cercueil. » Silence dans la salle. Deux mains se lèvent timidement. Il reprend. « Nous allons vous faire découvrir la vie. Vous qui sortez de vos lycées prestigieux et de vos milieux privilégiés, vous verrez tous une autopsie, et vous allez vous confronter au monde réel. »

Sur le moment, il ne m'avait pas convaincu, et j'aurais été le premier surpris si l'on m'avait dit que, quinze ans après, je porterais les mêmes épaulettes que cet officier. Je demandai tout de même la gendarmerie en deuxième position, après la brigade des sapeurs-pompiers de Paris ; non pas que j'aie rêvé de voir un cadavre, mais parce que je cherchais à combiner service au public et expérience militaire. Cependant, deux semaines plus tard, je déclarai forfait sur blessure pour les tests sportifs des pompiers, la gendarmerie devenait mon plan A.

Le recruteur ne nous avait pas menti. Quelques mois plus tard, au cours de mon stage, je passerais une semaine en immersion à la section de recherches de Versailles. Une cellule d'enquête essayait de retrouver une femme, disparue depuis trois mois. Un homme était déjà en prison dans cette affaire : les gendarmes étaient remontés jusqu'à lui par des surveillances et des portraits-robots, car il utilisait la carte bleue de la victime. Mais toujours pas de nouvelles de la disparue. On avait perdu toute trace de cette mère de famille un soir d'hiver, entre la gare RER et le parking où elle se garait habituellement.

La brigade nautique fouillait la Seine sur plusieurs kilomètres. Parmi les nombreux véhicules découverts au fond du fleuve, les plongeurs ont fini par découvrir celui de la victime. J'étais alors exactement au milieu de mon stage dans cette unité : peu après l'arrivée des techniciens en identification criminelle, le lieutenant-colonel Simon-Pierre Baradel[1], commandant de la section, me fit venir sur la scène en observateur. Lorsque j'arrivai, la petite Peugeot venait d'être sortie de l'eau par une grue. On ouvrit le coffre, la victime était là. Malgré mes galons d'officier, c'était la première confrontation à la mort pour l'étudiant de tout juste 21 ans que j'étais. « Bien entendu, vous irez à l'autopsie », me lança le lieutenant-colonel, sans laisser transparaître la moindre émotion.

Comment s'y préparer ? Les enquêteurs, habitués, me donnèrent leurs conseils. « Pour une première autopsie, un noyé ce n'est pas évident, tu es certain de vouloir y aller ? » Pour moi, la question ne se posait

---

1. Cet officier au parcours exceptionnel commanda plus tard le groupement de gendarmerie départementale de l'Isère. Il fut par la suite nommé sous-directeur de la police judiciaire. Pour son dernier poste, général de corps d'armée, il commanda les écoles de la gendarmerie nationale.

pas : il s'agissait de l'un des rendez-vous impératifs de mon stage de première année. Un autre enquêteur m'avertit sur l'odeur qui risquait d'être difficile à supporter et me tendit un tube de Vicks, afin de pouvoir respirer bien fort malgré les effluves, et donc de ne pas tomber dans les pommes. Aujourd'hui encore, je suis reconnaissant à ce sous-officier pour ce geste paternel : l'odeur fut en effet le plus désagréable, mais ce gel me permit de supporter la séance sans encombre.

Cette autopsie avait fait naître en moi plus d'inquiétudes en amont qu'elle n'aura de conséquences *a posteriori*. Je n'en ai jamais eu de « *flash* » – de souvenir remontant malgré moi dans mes pensées ou dans mes rêves. J'ai supposé que cela était dû à l'état de la victime : après trois mois dans l'eau, la malheureuse n'avait plus d'expression humaine sur son visage. Malgré la protection du coffre et la température de l'eau, la décomposition de la chair avait déjà commencé. Durant l'autopsie, le médecin légiste et son assistant, comme tous ceux que j'ai pu observer par la suite, travaillèrent avec un immense respect de la dignité due au corps humain. Même si chaque organe était analysé afin d'indiquer à la justice si cette femme avait subi des violences avant que sa voiture ne soit poussée dans l'eau, tout était fait pour maintenir au maximum l'apparence finale de son corps.

La confrontation à la mort, dans mon métier, ne laisse personne indifférent. J'y reviendrai : les scènes visuellement les plus choquantes, celles qui alimenteraient tant de films *gore*, ne sont pas celles qui ont eu en moi le plus de conséquences. Même si certaines images peuvent marquer l'inconscient, tel le visage d'un pendu encore suspendu, ou la vision de la chair sur certaines scènes, je crois malheureusement que l'on peut s'y habituer. Pour moi, les interventions les plus difficiles à gérer, sur le moment comme *a posteriori*, sont celles où l'image de la victime nous rappelle cruellement qu'elle était encore vivante quelques minutes auparavant. Mais aussi, et surtout, les situations trop fréquentes où nous devons gérer la douleur des proches. La souffrance humaine laisse des marques, plus que la vision du cadavre.

Ça n'est évidemment pas le goût ni l'envie de voir d'autres cadavres qui me ferait choisir définitivement l'uniforme bleu, deux ans et demi après ce premier passage en gendarmerie. En décidant après mon bac de préparer les concours des grandes écoles scientifiques, j'avais pour objectif de devenir ingénieur. Il faut dire que je baignais à la maison dans une ambiance technologique. Mon père était ingénieur, passionné d'électronique depuis son adolescence. La cave de la maison regorgeait de matériel audiovisuel en panne, en cours de réparation ou à disposition « pour pièces ». J'avais appris à souder dès le collège et, à peine au lycée, je bricolai ma première table de mixage avec un copain d'enfance. Comme j'étais pianiste et choriste depuis longtemps, ce matériel maison me permettrait d'enregistrer et d'animer des fêtes avec mes copains. Puis je me suis de plus en plus intéressé à l'acoustique et au traitement du son, au point d'en faire l'un de mes sujets favoris de projets tout au long de mes études. Mon plan était clair : devenir ingénieur, pour travailler au développement de nouveaux produits au service de la musique.

En fin de classe préparatoire, une amie du lycée Sainte-Geneviève m'avait convaincu de participer à un chantier de développement dans le sud de l'Inde. C'est là que j'achèterais ma première guitare… Mais surtout, après trois ans d'internat entouré de camarades assez aisés, j'ai pris le temps de me confronter à un autre monde. Dans le Tamil-Nadu, avec une dizaine de camarades de prépa, nous avions en effet pour mission de construire des maisons pour les mendiants et les intouchables qui vivaient dans un bidonville à l'écart de leur village. Après avoir cassé nos tirelires pour payer nos billets d'avion, nous avions mobilisé des donateurs pour financer les matériaux du chantier. Le « contrat » avec l'association qui nous accueillait sur place prévoyait que les familles bénéficiaires devaient travailler avec nous sur le chantier : quelle extraordinaire aventure humaine, et quel sentiment d'utilité, que de creuser avec une mendiante, veuve et sans famille, les fondations de son futur logis… À quelques jours de mon intégration comme élève-officier, je rentrerais transformé de cette première expérience de l'Inde.

Le projet avait parfaitement fonctionné, au point que l'association avait prévu d'envoyer l'été suivant un grand nombre d'étudiants disséminés sur trois chantiers. En lien avec les jésuites indiens pour organiser les activités sur place, l'aumônier de mon ancien lycée me sollicita avec deux autres anciens de l'été précédent. Il nous demanda de repartir chacun avec un groupe. Sur place, je poursuivrais le même chantier, mais au profit d'autres familles. Au cours de ce qui était mon premier été de permission, je pris une sacrée leçon d'humilité. Nous construisions la maison d'un homme atteint de la polio. Ses jambes étaient trop faibles pour le porter, il balançait son corps d'une main à l'autre pour se déplacer, les jambes bloquées en tailleur quelques centimètres au-dessus du sol. Nous avions souri intérieurement en le voyant arriver. Sa participation serait certainement symbolique, il allait nous regarder travailler… C'est ce qu'il fit au début. Puis, nous voyant suer à grosses gouttes et lutter contre les ampoules qui ornaient nos mains au fur et à mesure que nous creusions, il finit par s'avancer et nous réclamer la barre à mine. Cet homme menu et sec aux jambes décharnées avait des mains plus solides que nous tous ! Et surtout, son mode de locomotion original lui donnait des bras bien plus efficaces que les nôtres... Une fois l'outil entre les mains, il ne s'arrêta plus, dégageant en quelques minutes les arrêtes des fondations qui nous résistaient depuis un bon moment. Je compris à cet instant combien notre assurance très occidentale ne faisait pas le poids face à la motivation de cet homme, qui construisait avec nous sa première vraie maison.

L'année suivante, Polytechnique nous demandait de faire un stage ouvrier. Sachant que j'étais retourné en Inde pendant mes permissions de fin de première année, mon commandant de promotion me convoqua, car ce genre de chantier de développement faisait partie du catalogue de stages « de contact humain » de fin de deuxième année. À moi et à deux autres camarades dont la situation était proche, il proposa de valider notre stage ouvrier anticipé l'été précédent – charge à nous d'en profiter pour en trouver un autre utile à notre projet professionnel.

Je lançai mes recherches. Quelques mois plus tard, je décrochai un stage chez Renault, au service spécialisé sur l'acoustique des voitures. Après un échange avec sa responsable, musicienne elle aussi, celle-ci me proposa de travailler non sur la réduction du bruit du moteur et de la transmission, mais sur le son de l'autoradio. Quelle chance ! Je commençais à aligner ma passion pour la musique et mon futur métier d'ingénieur. Au cours de cet été, je me suis donc éclaté techniquement en réalisant un prototype de porte de Renault Espace, dont le son du haut-parleur serait amélioré.

De retour à l'école, je rendis donc non pas un mais deux rapports de stage, rendant compte de mes deux étés successifs. La rédaction parallèle de ces deux documents fut un électrochoc. J'avais beau être convaincu que le bien-être des utilisateurs des voitures passait par la qualité de la musique qu'ils écouteraient à bord, j'avais le sentiment que ma mission en Inde avait nettement plus de sens. À compter de ce jour, lorsque je discuterais avec des ingénieurs rencontrés sur les salons où les futurs employeurs nous présentaient les carrières possibles, je chercherais toujours dans leurs récits ce qui avait humainement le plus de sens.

Assez rapidement, ceux qui m'ont donné envie de suivre leurs traces n'étaient pas ceux qui travaillaient dans les bureaux d'études, mais les ingénieurs aux missions beaucoup plus opérationnelles. Par exemple toujours chez Renault, mais comme chef d'atelier en usine. Ou encore à la RATP, qui nous proposait des carrières alternant entre postes d'exploitation très opérationnels et fonctions de conception en bureau d'études. Je creusai sérieusement cette piste : un métier avec beaucoup de sens, à la fois par l'aspect humain des fonctions opérationnelles et managériales, et par le sentiment d'œuvrer à une mission essentielle pour la société – permettre aux habitants d'une ville de se déplacer plus efficacement. Et je réalisai rapidement que la carrière qui m'était proposée ici ressemblait finalement assez à celle que pouvait me proposer la gendarmerie en tant qu'ingénieur : un premier poste de terrain, puis une alternance entre des postes d'expertise technique, en laboratoire ou dans les bureaux, et des postes opérationnels.

J'ai donc demandé à refaire un stage en gendarmerie. Cela me permit de confirmer mon choix. Au bout de trois jours passés à la compagnie de Palaiseau, après avoir questionné tous les officiers que je rencontrais, je ressortis avec une conviction bien ancrée : non seulement la gendarmerie œuvrait pour un service public tout aussi essentiel à la société que la mobilité, mais elle offrait en plus quelque chose d'unique. Sauf exception, les gendarmes qu'un officier va avoir sous ses ordres ont en effet ce double point commun d'avoir choisi leur métier par conviction, et de vouloir servir. Pour un chef, il s'agit d'une richesse fantastique qui change fondamentalement le management face aux difficultés. De plus, la gendarmerie venait de modifier ses règles pour les jeunes officiers qui sortaient de l'école de Melun[2] : à compter de l'année suivante, les lieutenants servant en gendarmerie départementale ne seraient plus affectés comme adjoint au niveau d'une compagnie, mais comme commandant de brigade dans une caserne isolée. Cela signifiait être au contact du public, des victimes, mais aussi des malfaiteurs. Un travail beaucoup plus concret et proche du terrain et de ses enjeux humains.

Cet élément fut capital dans ma décision. Je la pris en me rassurant : si cela ne se passait pas bien, la possibilité de revenir un jour vers un métier d'ingénieur plus classique demeurait ouverte. Fin août 2005, après un stage de recherche à Berkeley, en Californie, et des permissions consacrées à un troisième chantier en Inde, j'intégrai enfin l'École des officiers de la gendarmerie nationale (EOGN) pour une année d'application. J'y rejoignais les officiers de

2. L'École des officiers de la gendarmerie nationale (EOGN), située à Melun, forme tous les officiers de gendarmerie, qu'ils soient issus du recrutement interne, du concours universitaire ou du recrutement direct à la sortie des grandes écoles militaires. C'est cette porte qui m'a permis de choisir la gendarmerie au même titre qu'un corps d'ingénieur de l'État, sur classement à la sortie de Polytechnique. J'y ferai une année, assimilée aux camarades sortis de l'École spéciale militaire de Saint-Cyr Coëtquidan, pour qui l'EOGN était une école d'application comme une autre.

la promotion « capitaine Frumin[3] ». Mes camarades sous-lieutenants, anciens sous-officiers et jeunes universitaires, avaient déjà reçu un an de formation, essentiellement orientée sur les savoir-faire militaires. Quant à moi, avec mes autres camarades sortant des grandes écoles militaires et notamment de Saint-Cyr, j'avais dix mois pour apprendre le métier « bleu ».

En entrant à l'EOGN, j'avais en tête de nombreux enjeux humains de mes futures responsabilités d'encadrement. Le discours de l'officier recruteur entendu trois ans auparavant, nous parlant de découvrir la vie et d'assister à une autopsie, n'était pas vraiment au centre de mes préoccupations… Pourtant, j'ai découvert au fil des années à quel point la confrontation à la mort, sous toutes ses formes, est l'un des enjeux majeurs de notre métier – alors que rien n'y prépare vraiment.

Puissent les récits qui vont suivre témoigner de l'engagement quotidien des militaires de la gendarmerie. Pour eux, faire face à la mort, c'est s'engager sur le terrain pour rechercher les personnes disparues ou secourir celles en détresse. C'est découvrir des cadavres et annoncer des décès. C'est s'engager de tout son être

3. Officier de gendarmerie né en 1905, le capitaine Robert Frumin participa à la campagne de 1940 comme sous-lieutenant de gendarmerie. Affecté à Vichy en 1941, il rejoignit en 1943 le réseau de renseignement Alliance. Arrêté en septembre 1943 sur dénonciation pour avoir hébergé des aviateurs alliés et accusé d'espionnage, il fut déporté en Allemagne et exécuté sommairement en novembre 1944.

dans un métier éprouvant, tant physiquement que moralement. C'est aussi être acteur d'opérations où chaque situation peut basculer en drame. C'est enfin, pendant ou après ces situations difficiles, se montrer toujours en quête du sens de notre action. Une quête de sens vitale pour affronter des situations aussi inacceptables que la mort brutale, inattendue, injuste.

1

Loïc

Lorsque j'étais commandant de compagnie en Isère, j'avais pris l'habitude d'expliquer que mon action opérationnelle lors d'événements impromptus se justifiait par deux choses : la sensibilité d'une affaire judiciaire, tel un braquage ou une attaque à la voiture bélier, ou le fait qu'une vie était en jeu. Quand j'écris « une vie en jeu », il peut s'agir de la découverte d'un cadavre et de l'enquête qui s'ensuit afin d'identifier la victime et de déterminer les causes de sa mort : accident, suicide ou crime. Écarter ou confirmer une hypothèse criminelle, revient finalement à défendre *a posteriori* une victime et à protéger les vivants. Mais il peut aussi s'agir d'une personne disparue pour laquelle on s'inquiète – le plus souvent quelqu'un de fragile dont on est sans nouvelles : enfant, personne handicapée, malade, dépressive… Ou encore une personne disparue dans un milieu ou une activité à risque. Bien entendu, nous ne nous substituons pas aux pompiers ou au SAMU, qui interviennent lorsqu'on a repéré la personne. Notre mission se situe en amont : localiser et retrouver cette personne, si possible saine et sauve ou, au moins, encore vivante, afin que celle-ci soit prise en charge par les services de secours. C'est ce qui mobilise tant d'énergie, parfois des centaines de femmes et d'hommes, souvent des heures et parfois des jours durant.

Affecté durant quatre années comme commandant de compagnie à Meylan, en banlieue de Grenoble, j'ai travaillé sur un vaste terrain allant des villes périurbaines de la métropole jusqu'aux cimes montagneuses des massifs de Belledonne et de la Chartreuse. Une population nombreuse, un milieu potentiellement dangereux, et des activités sportives à risque, voire extrêmes. Sans être en charge du secours en montagne, ma compagnie, et en particulier son groupe montagne, travaillait régulièrement avec les unités de secours spécialisées, le PGHM[1] et la CRS[2] Alpes. Toujours dans une parfaite complémentarité, au profit des recherches de personnes menées par la compagnie ou des secours effectués par les unités dédiées.

Ce qu'on apprend à l'école, c'est à demander et engager des moyens. Dans notre jargon, « opérer la montée en puissance », en cherchant à la fois le

1. Peloton de gendarmerie de haute montagne, unité spécialisée dans le secours en montagne et les enquêtes en milieu montagneux ou périlleux.
2. Compagnie républicaine de sécurité. En Isère comme en Savoie ou dans les Hautes-Alpes, la permanence de secours en montagne est assurée une semaine sur deux par le PGHM et les CRS montagne.

nombre, pour ratisser le terrain, et les moyens adaptés aux circonstances. Outre le secours en montagne, tous les métiers hors norme de la gendarmerie sont mobilisables en pareil cas : maître-chien, hélicoptère, plongeurs… Mais ce qu'on dit moins, et qu'il est plus difficile à apprendre en amphithéâtre, c'est qu'il va falloir faire des choix cruciaux. Comment estimer les chances de survie du disparu ? Au bout de combien de temps faut-il décider d'arrêter les recherches ? Où arrêter la mobilisation, car la vie continue et les interventions et appels au 17 se poursuivent dans toutes nos casernes, où le service ne peut être totalement détourné au profit d'une recherche de personne disparue… Et plus ces recherches durent, plus elles risquent de se terminer par une terrible nouvelle.

J'ai connu, malheureusement, de nombreuses conclusions de ce type. En quatre ans, dans les opérations de recherches importantes, nous n'avons retrouvé vivantes que deux victimes : j'exclus ici les recherches fructueuses dans la première heure, fréquentes notamment pour les enfants échappant à la surveillance de leurs parents ou les personnes âgées désorientées.

En ce vendredi de fin septembre, quelques semaines après ma prise de fonction, j'ignorais encore que j'allais vivre le week-end de travail le plus intense de ma vie, au cours duquel, et à deux reprises, cette question cruciale allait se poser : quels risques prendre pour une victime décédée ou très probablement décédée ? Hasard du calendrier, la coupe Icare, rassemblement mondial du vol libre, battait son plein. Quelque 12 000 spectateurs étaient rassemblés durant quatre jours sur les contreforts de la Chartreuse et dans la vallée du Grésivaudan, entre Grenoble et Chambéry. La compagnie était fortement engagée sur ce service d'ordre, nous ne disposions pas de beaucoup de réserves.

Dans l'après-midi, un accident de spéléologie s'était produit dans un gouffre de Chartreuse. Dès l'alerte, peu d'espoir pour la victime. J'assistai à la mobilisation des secours spéléo, qui présentent la particularité de mêler bénévoles de la fédération, professionnels du secours en montagne et sapeurs-pompiers. Le PGHM participait à cette opération de secours, et se tenait prêt si besoin à enquêter. Membre du groupe spéléo[3] et breveté d'État dans cette discipline, l'un de mes gradés faisait partie de l'équipe qui descendit jusqu'à la victime. En son for intérieur, il se préparait surtout à constater son décès.

3. La gendarmerie dispose de deux groupes d'enquêteurs en milieu souterrain (GEMS), constitués autour du PGHM d'Oloron-Sainte-Marie (64) et du PGHM du Versoud (38). On parle aussi du groupe spéléo de la gendarmerie nationale (GSGN).

Pour ma part, j'intervenais uniquement en soutien : lien avec les mairies locales, mise en place des liaisons radio sur la conférence de la compagnie, etc. Et un impératif : que les secours ne soient pas gênés par des curieux. Pendant que l'équipe de secouristes et d'enquêteurs descendait au fond du gouffre, je partageais au PC avec les responsables de l'opération une longue attente, régulièrement interrompue par les arrivées de divers renforts. Parmi eux, les radio-amateurs bénévoles furent immédiatement mis à contribution et installèrent un système de transmission à ondes souterraines, le « Nicolas ». C'est par le biais de ce téléphone, fonctionnant grâce à un câble déroulé le long du sol de la grotte, que nous arriva tard dans la nuit le message tant redouté…

Après nous avoir annoncé le décès, l'équipe demanda qu'on lui descende du matériel : non seulement civière, mais aussi explosifs et barres à mine, afin de tenter de dégager le corps en déplaçant le bloc qui l'avait fait prisonnier. Or, vu sa taille, ce rocher devait peser plus d'une tonne… Je regardai le conseiller technique de la fédération de spéléologie, qui hocha gravement la tête en signe de dénégation. À côté de lui, le directeur de cabinet du préfet, un ancien militaire, prenait totalement à cœur son rôle opérationnel de commandant des opérations de secours. Il était néanmoins à l'écoute du spécialiste dont le message était clair : trop dangereux pour les secouristes. La décision fut donc prise sans hésiter de renoncer à l'explosion du bloc de pierre, et l'ordre immédiatement transmis cent cinquante mètres plus bas : tant pis pour le corps, il fallait remonter et le laisser sur place.

Après que les enquêteurs de l'équipe eurent pris le temps d'effectuer leurs constatations souterraines, tout le monde remonta à la surface au milieu de la nuit. Rude moment de frustration pour les membres de cette caravane de secours, qui auraient tant voulu aller au bout de leur mission et ramener le corps à la famille… Le malheureux ne pourrait être extrait du gouffre qu'après plusieurs semaines de travail des bénévoles de la société de secours spéléo de l'Isère, épaulés par les spéléologues de la gendarmerie et de la CRS. Ceux-ci prendraient soin de conditionner le corps du défunt dans une civière. Son visage ainsi masqué par un sac mortuaire, l'opération de remontée devenait surtout technique : les volontaires qui remonteraient la civière n'auraient pas à gérer leurs propres sentiments et réactions face à un cadavre. Ils pourraient ainsi se concentrer sur les techniques de corde en milieu souterrain et assurer leur mission en sécurité.

Dans cette histoire, la décision de mettre fin à la première opération ne m'appartenait pas, mais elle nous évitait finalement la situation inconfortable où l'on aurait mis en danger les secouristes, non pas pour sauver ou tenter de sauver une vie, mais pour ramener un corps.

Couché après 4 heures du matin, je fus réveillé à 9 heures par la rédaction de France 3 Alpes qui avait appris la nouvelle dans le *Dauphiné libéré*. Alors que les journalistes du quotidien régional étaient montés au col de la Charmette durant la nuit, ceux de la télévision locale voulaient se faire confirmer l'information, mais aussi, peut-être, obtenir quelques détails, voire une interview pour leur journal de mi-journée. Je maugréais en me levant pour leur répondre, ignorant pourtant que je n'en avais pas fini avec les nuits sans sommeil.

Je ne le savais pas encore, mais ma prochaine nuit serait en effet totalement blanche. Samedi soir vers 22 heures, les premiers à marcher[4] de la brigade du Touvet me signalèrent que Loïc avait disparu depuis plusieurs heures. C'était justement la brigade du Touvet qui gérait dans le même temps la coupe Icare,

4. Les premiers à marcher ou PAM, sont les gendarmes désignés comme primo-intervenants sur le territoire d'une brigade ou d'une communauté de brigades. Ils prennent généralement cette permanence d'intervention pour 24 heures, de 7 heures à 7 heures, et réalisent le plus souvent une patrouille de jour et une patrouille de nuit quoi qu'il arrive.

avec des renforts heureusement conséquents que j'étais allé rencontrer plus tôt dans la journée.

Loïc résidait depuis une vingtaine d'années à Belle-Chambre, un centre pour personnes autistes adossé à une ferme dans la montagne, sur un contrefort de Chartreuse, le magnifique plateau de Petites-Roches. Ce centre isolé était bâti sur le principe exceptionnel d'un milieu ouvert. Grâce à ce choix, les résidents disposaient d'une certaine autonomie, et participaient notamment aux travaux de la ferme. Ils assuraient aussi une activité de table d'hôtes, où les résidents et leurs encadrants partageaient leur repas avec des visiteurs.

Le disparu était parti en fin d'après-midi pour la traite des vaches dans le champ situé de l'autre côté de la route. On avait commencé à s'inquiéter lorsque tout le monde s'était retrouvé au dîner. Personne ne l'avait vu à la traite. Comme souvent en pareilles circonstances, les salariés du centre avaient réalisé les premières recherches, puis avaient appelé la gendarmerie une fois la nuit tombée. Les premiers à marcher avaient rapidement évalué la situation avant de m'appeler. J'arrivai sur place en même temps qu'un maître-chien venu en renfort du département voisin. Le chien nous donna une piste qui partait bien vers le champ des vaches, mais s'arrêtait à proximité de barres rocheuses.

L'équipe cynophile ne pouvait nous indiquer s'il s'en était trop approché ou s'il avait rebroussé chemin. Je libérai le maître-chien peu après minuit, et nous poursuivions les recherches à pied, accompagnés d'une petite équipe : une éducatrice du centre, deux gendarmes de la brigade, et le jeune gendarme adjoint de ma caserne qui m'avait conduit jusqu'ici.

La situation était complexe : en raison de son handicap, Loïc pouvait prendre peur et rester prostré sans répondre à nos appels. Menu et de petite taille, il serait difficile à localiser malgré le clair de lune. Par chance, la météo était belle et les températures de ce début d'automne ne le mettaient pas en danger immédiat, même à moyenne altitude. Il était donc potentiellement vivant ; il ne fallait négliger aucune possibilité de le retrouver.

C'est une opération de recherche particulièrement complexe qui démarrait. On ne pouvait pas encore évaluer sa durée. Deux maîtres-chiens des sapeurs-pompiers nous ont rejoints durant la nuit avec des chiens spécialisés non en pistage, mais en « quête », c'est-à-dire en recherche sur terrain libre. Leur mission : vérifier méticuleusement, tout autour de la première piste découverte, que Loïc n'était pas blessé ou caché dans un champ, un taillis, un bosquet. Malheureusement, sans résultat.

Dès le lever du soleil, le PGHM fut le premier à nous rejoindre avec l'hélicoptère de la sécurité civile. Je leur demandai de tenter une reconnaissance aérienne afin de vérifier si Loïc n'avait pas chuté dans une zone difficile d'accès. Le pied des barres rocheuses était impossible à fouiller à pied dans ce secteur très dangereux. Il était impossible que Loïc ait survécu à une telle chute. Je fis donc le choix de n'exposer personne directement et de ne m'appuyer que sur l'hélicoptère pour reconnaître le secteur. Je préférais engager un maximum de renforts pour des recherches terrestres dans les autres zones, celles où Loïc pouvait avoir survécu. Tant pis pour les cambriolages, la priorité absolue était de sauver celui qui était peut-être encore en vie !

Ce dimanche matin, j'eus la joie d'accueillir Jérôme, le patron du PGHM, qui avait pris place dans l'hélico. Arrivés tous les deux pendant l'été, nous avions déjà passé une partie de la nuit du vendredi au samedi ensemble sur le secours spéléo. Cette fois-ci, c'était mon tour de commander la manœuvre, tandis qu'il m'appuyait et me conseillait sur l'emploi des moyens spécialisés. Si la montagne ajoute complexité et dangerosité à ces opérations de recherches, elle apporte aussi une solidarité exceptionnelle de la part des montagnards, ce qui permet de rompre la solitude du chef. Jérôme était un officier du même grade que moi, légèrement plus âgé. Il avait aussi plus d'ancienneté. Très expérimenté, il venait de commander lui aussi une compagnie en montagne. Durant les quatre années où nous nous sommes côtoyés dans nos commandements respectifs et les nombreuses opérations menées ensemble, j'ai pu mesurer ma chance de pouvoir échanger librement avec un camarade, rapidement devenu un ami, au moment de prendre des décisions lourdes – dont celle que l'on redoute plus que toutes : arrêter les recherches sans avoir retrouvé la victime.

Mais nous n'en étions pas là. La reconnaissance du PGHM n'avait rien donné en raison de la végétation. Un hélicoptère de gendarmerie muni d'une caméra thermique vint nous renforcer dans la matinée, sans plus de succès. Au cours de la journée, un troisième chien de quête nous rejoignit avec son maître, spécialiste en recherches de victimes d'avalanches à la CRS Alpes. Les sapeurs-pompiers firent également venir un quad afin de projeter plus facilement les chiens, sans les fatiguer. Heure après heure, notre périmètre de recherche s'élargissait et chaque hypothèse refermée laissait place à la suivante. Le temps s'écoulant, j'essayai de faire relever quelques militaires de la compagnie, en commençant par certains qui étaient mobilisés depuis la veille au soir, avec toutefois peu de latitude compte tenu de l'important service d'ordre à assurer dans la vallée.

Durant toute cette journée, comme durant la nuit qui l'avait précédée, nous avions été ravitaillés et nourris par les résidents de la ferme de Belle-Chambre : habitués à recevoir, ils me proposaient un café à chaque fois que je rentrais dans la salle à manger transformée en poste de commandement de circonstance. La photocopieuse du service administratif vit passer un certain nombre de plis de ma carte IGN « Chartreuse Sud ». Nous n'étions pas encore à l'ère des tablettes Néogend[5] : un agrandissement de la carte d'état-major me servait à reporter avec un feutre fluo et quelques Bic de couleur les zones reconnues par les équipes cynophiles, les équipes pédestres ainsi que les survols hélico. Pendant toute cette période, ma Citroën C4 était devenue mon bureau : la plage arrière servait à étaler les cartes pour les briefings, et le coffre resté ouvert servit plusieurs fois de banc pour qu'un maître-chien s'y repose en me décrivant le parcours qu'il avait suivi, les zones qu'il avait pu vérifier, et celles où il faudrait poursuivre les recherches.

Malgré l'importante mobilisation de cette journée, il fallait cependant se rendre à l'évidence : la nuit allait tomber, tout le monde était épuisé – jusqu'à la batterie

5. Terminal informatique mobile de type tablette tactile ou smartphone, qui équipe depuis 2017 la totalité des unités de gendarmerie.

de mon véhicule qu'il fallut pousser pour redémarrer après 24 heures de radio et de rechargement de téléphone portable. En prenant soin de prévenir le directeur du centre, que j'informais régulièrement et qui tenait au courant la famille de Loïc, je pris donc la décision de lever les recherches. Leur reprise était prévue dès le lundi matin. Mais avant de rentrer me coucher, une autre action relevait de ma responsabilité : repasser à la brigade avec Stéphane et Marc, les deux OPJ[6] qui m'avaient accompagné durant quasiment 24 heures, afin de rédiger ensemble le procès-verbal d'investigation relatant l'ensemble de nos recherches. L'opération était également devenue une enquête judiciaire, ouverte pour disparition inquiétante; nous devions consigner par écrit toutes les actions effectuées. J'avais commandé l'ensemble des recherches qui n'avaient rien donné: pas question de laisser à un autre la responsabilité de signer cette pièce. Si mes décisions devaient être un jour critiquées, je tenais à les assumer.

Les recherches reprirent le lendemain matin, avec un nouvel atout : Dicks, le Saint-Hubert de la compagnie, un chien exceptionnel capable de retrouver une piste deux jours après le passage d'une

6. Officier de police judiciaire : qualification judiciaire détenue par les gendarmes départementaux, qu'ils soient officiers, sous-officiers gradés ou même gendarmes ayant réussi l'examen.

personne. Il renifla une autre direction qui élargit encore le secteur de recherches. Était-ce une erreur ? Avait-il suivi un chemin emprunté par Loïc non pas après, mais avant sa disparition ? Qu'importe, toutes les hypothèses devaient être explorées : peut-être même avait-il fait du stop le samedi pour aller voir les montgolfières en fin de journée à la coupe Icare ?

Un appel à témoins avait été lancé dans la presse locale pour le cas où Loïc se serait fait emmener quelque part. Mais en explorant son dossier administratif, l'encadrement du centre avait retrouvé une coupure de journal datée d'une douzaine d'années : Loïc avait déjà disparu. À l'époque, ce garçon passionné par l'eau avait été retrouvé auprès d'une rivière après deux nuits en montagne, ce qui renforçait l'une de nos hypothèses. Sur le plateau, la zone à ratisser était encore grande. Je demandai le renfort d'un escadron de gendarmes mobiles[7] et proposai au maire du village de réunir vers 14 heures les chasseurs et bénévoles désireux de participer aux recherches. Nous formerions des équipes mixtes composées de gendarmes et de volontaires, le chef de groupe ayant la responsabilité de me garantir à la fin de la battue que la zone qui lui avait été confiée avait été intégralement explorée. L'après-midi, plus de

7. En déplacement, un escadron de gendarmerie mobile compte environ soixante-dix militaires. C'était donc un renfort très conséquent.

cent vingt personnes ratissèrent donc intégralement le secteur, en reconnaissant également tous les cours d'eau alentours. Sans plus de résultat.

Le mardi, je sollicitai à nouveau le PGHM, cette fois pour fouiller des endroits dangereux – canyon et autres espaces abrupts ou humides – tandis que Sébastien, l'un des spéléologues de la compagnie, explorait une buse souterraine. Mais après trois jours de recherches, l'espoir de retrouver Loïc vivant devenait extrêmement faible : nous avions ratissé tous les endroits où il aurait pu survivre et, quoi qu'il lui fût arrivé, trois jours en montagne fin septembre l'avaient exposé à la déshydratation et à l'hypothermie. Arriva l'étape tant redoutée par le commandement des opérations comme par les proches : décider l'arrêt total des recherches.

Si je pus prendre cette décision sereinement, c'est sans doute parce qu'au fond de moi je savais que nous avions fait tout notre possible pour sauver Loïc. J'étais désormais persuadé qu'il avait dû faire une chute fatale dans les barres rocheuses. Mes gendarmes qui s'étaient donnés à fond dans cette opération en étaient, eux aussi, de plus en plus convaincus. Pendant ces trois jours, non seulement ils n'avaient compté ni leurs heures ni leurs forces pour ratisser le secteur, mais ils avaient aussi mis en marche leurs réflexes d'enquêteurs, et n'hésitaient pas à m'apporter des renseignements et des propositions de pistes à explorer. Mais nous avions fait le maximum. Comme moi, ils avaient compris que le corps se situait probablement dans le secteur le plus dangereux et le plus difficile d'accès, et qu'il aurait fallu mobiliser de nombreux montagnards et prendre des risques très importants pour tenter de le retrouver. Arrêter les recherches était le plus raisonnable ; nous nous y sommes résolus presque naturellement. Cette sérénité n'aurait pas été la même si je n'avais pas tissé, au fil de ces trois journées, une profonde relation de confiance avec le directeur et le personnel du centre. Certains employés avaient pris sur leurs jours de repos pour participer aux recherches. « On sentait que vous aviez vraiment envie de le retrouver, me dirent-ils. Ne soyez pas désolé. »

Le corps de Loïc fut finalement retrouvé plusieurs semaines plus tard dans une zone guère éloignée mais très difficile d'accès en contrebas des barres rocheuses. Des chasseurs signalèrent la bonne piste : leurs chiens avaient senti l'odeur de décomposition. Notre hypothèse s'était donc vérifiée. Le lieu de découverte ne laissait que peu de doutes sur la rapidité du décès ; Loïc avait dû mourir sur le coup de sa chute. Certes, nous aurions pu ratisser cette zone dès le début et nous épargner deux jours de recherches, mais nous n'avions aucun regret d'avoir d'abord tenté de sauver Loïc, là où il aurait pu survivre. En revanche, si on l'avait retrouvé mort de froid ou déshydraté à un endroit accessible, nous aurions failli à notre mission…

Lors de l'évacuation, Sébastien et Stéphane furent de la manœuvre avec les secouristes de la CRS Alpes réalisant l'hélitreuillage. Ces deux gendarmes du groupe montagne avaient participé activement aux recherches : pour eux la boucle était bouclée, la mission terminée. Pour la famille, comme les résidents et les personnels du centre, cette étape était essentielle pour avancer dans leur deuil. Pour nous, gendarmes départementaux, c'était un dossier de recherches qui s'achevait, comme trop souvent, par ce que nous appelons une « découverte de cadavre ». Mais c'était aussi une aventure humaine, le genre d'opération où l'on ne gagne pas de médailles mais où se créent des relations fortes.

Par la suite, j'ai eu souvent l'occasion de reparler avec mes équipes de cette recherche qui nous avait unis dans l'effort. Avec les spécialistes des équipes cynophiles et du secours en montagne, des liens étaient nés. Mais c'était aussi le cas avec les proches de Loïc, ce qui n'arrive pas souvent. J'ai rarement reçu des vœux de l'entourage d'une personne disparue, quelle que soit l'issue de nos recherches : ceux de la ferme de Belle-Chambre m'ont particulièrement touché. J'y suis d'ailleurs retourné, l'hiver suivant, pour y déjeuner avec Myriam, mon épouse, qui avait assuré durant ces trois jours un soutien à la fois logistique et humain, priant tant pour Loïc que pour ceux qui le cherchaient. Il me semblait important de lui faire connaître le lieu de cette opération, le cadre de vie de Loïc – cet environnement où la personne autiste était considérée en toute responsabilité et pouvait nous recevoir pour partager un repas.

2

On aurait voulu le sauver…

Parmi les souffrances humaines que j'ai appris à accompagner, il y a celle de mes propres équipes. Un débriefing collectif s'impose, parfois simplement autour d'une bière ou d'un café pour reparler de telle ou telle intervention, lorsque nous avons été confrontés à un drame. Mais plus encore lorsque nous n'avons pas pu sauver une vie. Comme en ce jour d'hiver 2014.

Les skieurs étaient nombreux, ce samedi, à profiter de la neige à la station des Sept-Laux, entre Grenoble et Chambéry. Soudain, en fin d'après-midi, je reçus l'appel d'un gendarme du poste provisoire de Prapoutel.

Des trois accès au domaine skiable, Prapoutel est celui qui constitue la « vraie » station, avec ses immeubles et ses commerces. Nous y ouvrions chaque hiver un poste provisoire, où se relayaient deux gendarmes départementaux de la vallée, plus quatre à six gendarmes mobiles détachés de leur escadron. Objectif : assurer une présence dissuasive en station sans trop nous affaiblir dans la vallée, où l'activité restait aussi intense que le reste de l'année.

Nous assumions aussi des missions spécifiques à une zone d'affluence touristique : régler les différends nocturnes et les débordements de la boîte de nuit locale, éviter que la saturation des parkings en fin de semaine ne dégénère en bagarre ou congestion paralysant la circulation, voire que des touristes imprudents ne montent sans chaînes les jours de neige, au risque de bloquer l'unique route d'accès à la station… Les recherches de personnes étaient également fréquentes, mais il ne s'agissait, le plus souvent, que d'enfants égarés retrouvant rapidement leurs parents après avoir été récupérés par un moniteur ou un pisteur.

Ce soir-là, l'alerte était plus inquiétante : des étudiants lyonnais venus skier pour la journée avaient emmené Raphaël, un ami de lycée souffrant d'instabilité psychologique, et l'avaient perdu de vue l'après-midi dans le secteur du Pleynet, sur l'autre versant. À la tombée de la nuit, ils ne l'avaient pas retrouvé. Son portable était manifestement éteint. Habitué à ses comportements irrationnels, le groupe d'étudiants n'avait pas paniqué, mais avait prévenu les pisteurs, peu avant qu'ils ne ferment le domaine skiable. Sans le retrouver. C'est peu après que les gendarmes furent prévenus.

Selon ses amis, le plus probable était que le jeune disparu fût redescendu jusqu'à la route située sur l'autre versant, puis ait décidé, sans prévenir personne, de rentrer en stop jusqu'à Lyon. Autre hypothèse, moins favorable : que Raphaël ait tenté de revenir à la station en hors-piste et se soit perdu dans la forêt avec son *snowboard*.

J'évaluai alors les risques. La météo était particulièrement douce ces jours-ci, au point qu'un skieur avait été sauvé la veille après avoir passé la nuit entière bloqué dans une avalanche ! Sa tête seule dépassait de la neige, mais la couverture nuageuse avait limité le regel nocturne et les températures étaient restées clémentes.

Les conditions étaient semblables ce soir-là : en l'absence de vent et d'intempéries, notre *snowboarder* avait toutes les chances de supporter une nuit en montagne. En revanche, les nuages rendaient particulièrement ardue toute recherche aérienne, d'autant que nous ne disposions que de peu d'informations sur la localisation du disparu.

J'appelai les CRS de permanence de secours en montagne. Mais ils étaient dans l'incapacité de nous aider : de nuit, sans appui aérien, des recherches à l'aveugle étaient dangereuses, pour un bénéfice quasi nul. La seule zone réellement sécurisée était le domaine skiable, or celui-ci avait été reconnu par les pisteurs. Les CRS considéraient que le travail utile avait été correctement exécuté et qu'ils ne pouvaient « fouiller la montagne » sans nouvel élément pour les orienter. Je dus en revanche freiner l'ardeur de mon équipe, particulièrement des plus jeunes, et leur demander de ne pas s'aventurer sur les pentes. Pas d'autre solution que d'attendre le lendemain matin…

Mais, dans l'inaction, l'inquiétude nous guettait. J'eus du mal à trouver le sommeil, et ne pouvais m'empêcher de penser au disparu, priant pour qu'il soit rentré chez lui en stop. J'avais beau me répéter que je n'aurais pu prendre l'initiative de déclencher coûte que coûte des recherches – c'est une faute d'exposer des vies pour la seule fierté d'être dans l'action –, je ne pouvais m'empêcher de l'imaginer apeuré et grelottant de froid dans la montagne.

Dès les premières heures du jour, j'allai aux nouvelles : aucun signe de vie du jeune homme, ni à sa famille, ni à ses amis… Commença alors notre travail d'enquête pour orienter les recherches : diffusion de photos et signalement auprès d'éventuels témoins, sensibilisation des pisteurs et professionnels de la station…

Jean-François, le directeur des Sept-Laux, était lui-même guide de haute montagne. Il décida de compléter les recherches débutées la veille par ses équipes avec Robert, le chef des pistes. L'hypothèse d'une tentative de retour en hors-piste depuis le versant du Pleynet devenait en effet de plus en plus crédible. Tous les deux prirent donc l'initiative de déborder de leur secteur de responsabilité, en direction d'un vallon où plusieurs skieurs s'étaient déjà perdus en pareille circonstance.

Leur intuition était la bonne : ils finirent par retrouver un *snowboard* abandonné dans le vallon, à proximité des chalets du Merdaret. Puis ils suivirent les traces de pas laissées dans la neige. Si notre disparu avait rejoint les chalets, il pouvait y avoir passé la nuit, s'abritant contre un mur ou sous une terrasse. Même transi de froid, il restait toutes les chances de le retrouver vivant.

Le scénario, malheureusement, se révélera totalement différent…

Arrivés aux chalets, personne ! Mais la piste continuait. Les deux secouristes accélérèrent, espérant encore le retrouver à proximité, en état d'hypothermie après une nuit sur la neige. Un peu plus loin, terrible découverte : son blouson abandonné, puis ses gants, son bonnet… C'est ainsi qu'ils remontèrent jusqu'à son corps. Raphaël était mort de froid pendant la nuit, après avoir délibérément abandonné ses vêtements.

Aussitôt alertés par Jean-François et Robert, les CRS Alpes intervinrent peu après pour évacuer le corps du jeune homme et prendre en charge l'enquête de découverte de cadavre. Je fus moi aussi rapidement informé de cette triste issue. Pour nous, l'affaire était terminée, du moins d'un point de vue administratif et judiciaire.

Car le plus dur, psychologiquement, ne faisait que commencer. Nous nous retrouvions confrontés au sentiment de culpabilité de n'avoir pas réellement pris en compte l'affaire, faute d'avoir déclenché des opérations de recherches de nuit. Au fond de moi, je savais bien que nous avions fait notre travail : réception de l'alerte, coordination avec le service des pistes de la station et l'unité de secours en montagne, diffusion du signalement, collecte d'éléments permettant d'orienter les recherches… Mais je me sentais coupable. Coupable d'inaction.

Aurais-je dû monter en station dès le samedi soir, afin d'évaluer la situation sur place avec les gendarmes du poste et les responsables de la station ? Pourtant, je le savais bien : se projeter dès réception d'un signalement de disparition se révèle le plus souvent contreproductif. D'abord parce que les gendarmes savent effectuer les premiers actes sous la responsabilité d'un gradé local. Et que la présence systématique d'un officier de la compagnie risque d'écraser leurs responsabilités et de brider leurs initiatives. La subsidiarité doit jouer pleinement : cela signifie ne pas interférer dans les missions qui reviennent aux subordonnés, dès lors qu'ils en ont les compétences et que l'on sait pouvoir leur faire confiance. Dans ce cas, ils font du reste souvent mieux que leur chef ! Surtout, monter à Prapoutel aurait signifié une heure de route durant laquelle je n'étais plus en mesure de traiter correctement les différents comptes rendus qui me remontaient, d'affiner l'évaluation de situation et de faire les demandes en moyens adaptés.

Lors d'opérations sensibles de ce type, cette première heure est souvent éprouvante psychologiquement : après avoir reçu une alerte, on doit attendre que la patrouille sur zone nous donne une meilleure évaluation de la situation, tout en préparant l'engagement des renforts. Autant dire qu'il est impossible de se rendormir lorsque cela survient, comme souvent, de nuit : l'attente est toujours difficile, car on se sent dans l'inaction. On commence par réfléchir aux hypothèses, aux équipes disponibles, on analyse le terrain et la météo. Puis on attend et, à défaut d'actions plus utiles, on essaye d'estimer la position des équipes, le temps nécessaire pour qu'elles reconnaissent le secteur convenu… Tout en résistant à la tentation de leur demander des comptes rendus toutes les dix minutes, ou à l'envie d'y aller juste pour être dans l'action.

Bref, je n'étais pas monté. Mon sentiment de culpabilité était d'autant plus grand que c'était finalement Jean-François et Robert qui avaient pris l'initiative de leur reconnaissance matinale : si nous avions été mobilisés sur le terrain, ils nous auraient sans doute partagé leur réflexion et permis d'orienter des recherches dans ce secteur. À défaut de le récupérer vivant, nous aurions retrouvé le corps de Raphaël nous-mêmes. Être dans l'action, dans l'opération, mettre en œuvre ce que l'on répète à chaque entraînement du groupe montagne nous aurait raccrochés à nos réflexes.

Dans les heures suivant la découverte du corps, j'appelai mon commandant de groupement, qui avait été tenu régulièrement informé de l'affaire par son officier de permanence : c'est à ce dernier que je rendais compte et par lui que je serais passé si j'avais eu besoin de moyens spécifiques, tels qu'une équipe cynophile ou l'hélicoptère de Lyon. Avec mon chef, j'évoquai mon sentiment d'être coupable d'inaction, malgré les choix rationnels que je pensais avoir faits. Je lui confiai également mon inquiétude concernant le moral de l'équipe au poste provisoire.

Le colonel commençait à me connaître, ayant parfois souligné mon engagement personnel dans les recherches de personnes, en particulier lors d'opérations complexes en montagne. Il me rassura et me confirma dans mes décisions. Mes choix, me dit-il, étaient justes. Il m'encouragea aussi à assumer pleinement mon rôle de chef vis-à-vis de mes subordonnés, comme il était en train de le faire avec moi.

Avec son accord, je rédigeai un message destiné aux équipes, ce qu'on fait généralement lorsqu'une opération a demandé un engagement particulier et s'est bien déroulée. Ce message sortait donc de l'ordinaire ; je n'ai pas souvenir d'en avoir rédigé d'autres de ce genre durant mes quatre années à la tête de la compagnie. Au poste provisoire, je savais les militaires ébranlés comme moi ; il s'agissait à la fois de leur témoigner mon soutien et de les remercier pour leur volontariat : si je ne les avais pas dissuadés, ils étaient prêts à se lancer en pleine nuit dans la montagne.

En fin d'après-midi, je montai à la station pour discuter avec les gars. Le gradé du week-end était Marc, celui-là même qui avait passé une nuit blanche avec moi lors des premières heures des recherches de Loïc[1], et qui avait reçu son galon de maréchal des logis-chef

1. Cf. chapitre 1.

peu après. Les autres militaires de service étaient de jeunes gendarmes mobiles[2], que je connaissais peu. Tous avaient le même visage empreint de déception, qui voulait dire : « Mon commandant, on est désolé, on aurait tellement voulu le sauver… »

Je passai aussi un coup de fil à Jean-François, que nous avons retrouvé dans un café avec Robert et mon équipe du jour. Boire un verre en cet instant était surtout un prétexte pour débriefer l'opération, phase essentielle pour nous tous, qui avions tant besoin de parler et d'exprimer ce que nous ressentions. Jean-François et Robert étaient marqués différemment par cette affaire : jusqu'à la découverte de ses vêtements, ils avaient cru qu'ils le retrouveraient vivant. Le dénouement les avait abattus.

Comme nous, ils avaient du mal à comprendre les choix irrationnels de ce jeune homme : en se dévêtant, il se condamnait à mort. Nous avions beau savoir qu'il était fragile psychologiquement, aucun de nous n'aurait imaginé un tel comportement suicidaire, volontaire ou non. Même ses amis nous avaient dit

2. Les gendarmes mobiles, qu'on surnomme les « GM » (par opposition aux GD, gendarmes départementaux) sont exclusivement recrutés à la sortie de l'école de gendarmerie. L'âge moyen y est donc moindre qu'en gendarmerie départementale, où on peut être affecté après un temps en GM ou directement après l'école. Quand ils ne sont pas engagés sur des missions de maintien de l'ordre, de gestion de crise, des déplacements outre-mer ou des opérations extérieures, les escadrons de GM renforcent les unités territoriales de la gendarmerie départementale, comme c'était le cas ici.

qu'il avait dû repartir chez lui sans prévenir personne – ce qui, bien qu'irrationnel, était tout sauf dangereux.

Mes hommes vivaient encore plus fort que moi ce sentiment de culpabilité du fait de leur proximité géographique durant la nuit. Un des jeunes mobiles me raconta avoir ouvert la fenêtre aux petites heures, et, apercevant une trouée dans les nuages, s'être demandé si l'hélico n'aurait pu en profiter pour décoller. Comme les autres autour de la table, il avait besoin de se confier. C'était aussi mon cas lorsque j'avais appelé le colonel un peu plus tôt...

J'entrepris de rappeler à tous la chronologie des événements, les éléments que nous avions en notre possession, le manque d'indices de localisation, le risque pour les secouristes, et la météo qui faisait qu'une nuit en montagne n'était théoriquement pas mortelle. Théoriquement, car nul ne pouvait deviner que Raphaël allait achever de se mettre en danger en abandonnant ses vêtements chauds. Aussi, tout en remerciant l'ensemble des acteurs pour l'attachement qu'ils avaient eu à faire le maximum, j'ai tenu à leur rappeler que c'était moi, et moi seul, qui avais pris la responsabilité de n'avoir pas déclenché d'opérations de recherches terrestres ou aériennes.

Ce jeune *snowboarder*, je ne l'ai jamais vu. Son image reste cependant plus profondément ancrée en moi, que celles de morts violentes auxquelles j'ai été confronté. Qu'il est difficile de donner du sens à l'inaction !

J'ai pu en revanche donner du sens à mon action de commandement, qui, loin de se limiter à la conduite des opérations, doit aussi, et parfois surtout, intégrer l'accompagnement des personnes engagées. Car, face aux difficultés, l'esprit de camaraderie, symbolisé par ce débriefing autour d'une bière, reste la meilleure force de notre arme. Je n'ai jamais eu l'occasion de rencontrer à nouveau ces gendarmes mobiles. Mais j'espère de tout mon cœur que ce moment d'écoute et de partage les aura aidés à ressentir avec moins de culpabilité le poids de cette mort en montagne.

J'ai pu en revanche reparler de cette histoire avec Marc, le second du chef de poste de Prapoutel, qui me confirma combien il avait été secoué. Paradoxalement, le plus marqué fut son chef Sébastien, qui était pourtant absent pour cause de repos durant ce week-end tragique. Quand il apprit l'histoire à son retour, son premier réflexe fut de demander, énervé, pourquoi on ne l'avait pas appelé. Et pourquoi, surtout, nous ne nous étions pas immédiatement rendus aux chalets du Merdaret : chef de poste chaque hiver depuis des années, il avait en effet le souvenir d'y avoir déjà secouru des personnes égarées…

Si j'avais disposé de cette information la veille, sans doute aurais-je insisté auprès des CRS pour obtenir une reconnaissance aérienne ou terrestre de ce vallon. Mais qui peut dire si cela aurait changé leur décision, que je me devais de respecter, d'attendre le lendemain compte tenu de l'analyse bénéfice/risque qui leur revenait – en lien éventuel avec le pilote d'hélicoptère. En montagne, la confiance dans ses partenaires est capitale. Vitale.

En cas de refus de leur part, et même bénéficiant des « tuyaux » de Sébastien, je suis en revanche quasiment convaincu que je n'aurais pas mobilisé un groupe montagne, sur ma ressource compagnie ou avec des renforts du groupement, pour effectuer cette recherche terrestre dès le samedi soir : de nuit, en forêt, le risque d'accident était trop élevé – d'autant plus que des avalanches s'étaient produites les derniers jours dans le massif. Je ne disposais pas, non plus, de militaires suffisamment qualifiés au sein du poste provisoire pour mettre en place une caravane hors piste. Solliciter un chef de détachement montagne pour prendre la responsabilité technique de cette opération revenait à lui renvoyer soit la responsabilité technique en cas d'accident, soit la responsabilité morale en cas d'avis négatif. Et connaissant les montagnards du groupement, je sais qu'ils auraient répondu « *go* ».

De cette expérience, j'ai appris qu'il ne faut pas refaire le film après qu'il a été joué. Mais apprendre à accepter, en certaines circonstances, que notre analyse objective n'est pas capable de parer tous les risques.

L'un des éléments clés permettant d'accepter ce qui reste une profonde frustration aura été, dans cette affaire, la relation avec la famille. Bien que les échanges aient été peu nombreux entre le soir de la disparition, la reprise des recherches le matin et l'annonce du décès, la transparence de nos décisions et actions au cours de ce dialogue nous a permis de nouer avec elle une relation de confiance. Malgré la douleur qu'ils ont eue d'apprendre la mort de leur fils, le gradé en contact avec eux m'avoua les avoir trouvés incroyablement sereins. Allant jusqu'à se demander si cette mort n'avait pas été un soulagement pour lui, et pour eux…

J'ai envie de croire que ses parents étaient heureux de savoir leur fils, malgré sa maladie, entouré d'amis jusqu'à son dernier jour, et du fait qu'il ait pu profiter de cette sortie dans la neige avant qu'elle n'accueille son ultime souffle.

Comme pour Loïc, ce lien avec les proches du disparu était essentiel à notre opération. L'année précédente[3], à quinze kilomètres de là, de l'autre côté

3. Cf. chapitre 1.

de la vallée du Grésivaudan, j'avais de la même façon refusé d'exposer la vie de mes hommes dans un secteur où j'avais la certitude qu'il n'était possible de retrouver qu'un cadavre. Ce week-end-ci, c'est également la vie des militaires qui avait primé dans ma décision – en l'occurrence, mettre en attente nos recherches sur le terrain. Faute de piste à chercher d'abord, mais aussi parce que j'avais la conviction que notre disparu n'était pas vraiment en danger.

Pour Loïc, c'est l'action qui avait donné du sens à notre opération. Pour ce jeune homme, l'inaction qui nous avait rongés durant la disparition était susceptible de nous hanter encore longtemps. Le sens de mon rôle d'officier, ce jour-là, fut d'être tourné non pas vers la victime, mais vers mon équipe. Avec l'objectif, ensemble, de dépasser cette inaction.

3

Entre plaine et montagne

1er mai 2013. Dès le lever du soleil, le groupe montagne de la compagnie avait été engagé en renfort du PGHM. Un homme relativement âgé était signalé disparu depuis la veille au soir sur un chemin de randonnée, autour du col de la Placette, à l'ouest de la Chartreuse. La météo était particulièrement mauvaise lors de l'alerte, un orage avait grondé, et les recherches se révélaient presque impossibles.

Au petit matin, plusieurs équipes partirent cependant reconnaître l'itinéraire et ses abords. Le PGHM avait pris la main depuis le début sur cette opération de secours devenue une recherche de personne. J'aurais pu m'insérer dans le dispositif, car le commandement de ce second type d'opération était souvent dévolu à la compagnie, mais je n'avais pas insisté, car l'opération était suffisamment avancée. M'imposer aurait sans doute introduit de la confusion alors que les secouristes du PGHM étaient bien aux commandes. Sans compter – ce que je ne savais pas encore – que les alertes allaient s'enchaîner ce matin-là...

Vers 8 heures, je fus en effet appelé à Saint-Égrève pour un vol à main armée dans un bureau de tabac, rare commerce en dehors des fleuristes à être ouvert en ce jour férié. Je m'y rendis avec l'équipe de permanence de la brigade des recherches. Arrivés sur place, nous avons rapidement compris que l'attaque n'était pas aussi violente qu'annoncée. Pas de coup de feu, et le buraliste, loin d'être sous le choc, nous déclara lui-même avoir été braqué non avec une vraie arme, mais avec une simple réplique de type « *air soft* ». Si cela ne changeait rien à la gravité théorique de l'infraction, cela minorait en revanche la pointure des délinquants que nous avions en face de nous.

Je comptais tout de même engager la brigade des recherches dans l'enquête lorsque, soudain, la brigade voisine de Voreppe m'appela : « Mon commandant, on a un cadavre. Ça ne sent pas bon ; c'est une femme nue au milieu du champ... »

Excentrées à l'ouest de la compagnie, et donc en contact régulier, nos deux brigades avaient pour particularité de gérer des communes très périurbaines avec plusieurs quartiers sensibles, mais aussi les premiers villages de montagne de la Chartreuse, jusqu'à des cols assez élevés comme celui où les recherches se poursuivaient. Ils faisaient la joie des cyclistes, et permettaient d'accéder à de belles randonnées. Mais ce matin-là, comme souvent, c'est dans la Cluse, bande de plaine traversée par l'Isère et coincée entre les massifs du Vercors et de la Chartreuse, que nous étions appelés à intervenir.

Priorité, évidemment, à ce mystérieux cadavre sur l'attaque du bureau de tabac : j'expliquai rapidement au gradé de la brigade de Saint-Égrève que son unité allait devoir gérer toute seule l'enquête sur le vol à main armée. Puis accompagné de mes enquêteurs de permanence, je partis aussitôt. Direction le lieu du drame, quelques kilomètres plus loin.

Dans le fameux champ, effectivement, cela ne « sentait pas bon ». Nous avons été accueillis par Stéphane, lui-même ancien d'unité de recherches, et donc habitué à de telles scènes de crime. Afin d'éviter de piétiner le chemin, qui pouvait contenir des traces, c'est dans l'herbe qu'il nous fit avancer jusqu'au corps. Allongée sur le ventre, la jeune femme gisait entièrement nue sur une parcelle de terre récemment labourée.

Nous pouvions distinguer le chemin qu'elle avait emprunté pour se traîner, ou être traînée, jusque-là. L'absence de traces de pas dans cette terre meuble rendait cependant peu évidente l'intervention d'une tierce personne. Quelques dizaines de mètres plus loin, une petite Peugeot était garée sur le bas-côté du chemin. De quoi nous orienter rapidement sur l'identification de la défunte : la voiture était signalée depuis quelques jours par une brigade de la compagnie voisine, à la suite de la disparition inquiétante de sa conductrice. Une jeune femme, dépressive. Les pièces du puzzle se reliaient correctement, restait maintenant à déterminer le plus rapidement possible s'il s'agissait d'un puzzle à cent pièces ou mille pièces. Avions-nous affaire à un suicide avec mise en scène ou à une mauvaise rencontre ?

Quelques minutes plus tard, je vis arriver Vanessa, une journaliste de l'équipe faits divers du *Dauphiné libéré*. Ils avaient donc été prévenus. Par qui ? Difficile à savoir, tant il y avait de personnes au courant, dont les pompiers, qui avaient été alertés à la demande de l'officier de permanence de mon groupement, pour le cas où la victime aurait été toujours vivante. À leur arrivée, mes équipes s'étaient du reste empressées de les empêcher d'intervenir pour éviter de souiller la scène – ce qui m'avait amené, pour une fois, à reprocher à cet officier son initiative qui, sans demander l'avis ou même prévenir le terrain, nous rendait la tâche plus difficile.

Vanessa, que j'avais rejointe, était accompagnée d'un photographe : je fis en sorte que celui-ci puisse faire des photos sans qu'on voie le corps. Mais le champ était très dégagé et la journaliste avait déjà aperçu la jeune femme. « Mon commandant, m'interrogea-t-elle immédiatement, un corps nu dans un champ, c'est criminel non ? » Histoire de nous laisser respirer un peu, j'évacuai la question en répondant que la piste du suicide était largement plausible. Mais Vanessa se sentit obligée de justifier ce qu'on aurait pu mettre sur le compte de la recherche du sensationnalisme et du scoop : elle me rappela l'histoire des disparus de l'Isère. Et il est vrai que nous n'étions qu'à quelques centaines de mètres du lieu où, une vingtaine d'années auparavant, une enfant avait été retrouvée après avoir été enlevée et tuée – une affaire qui serait résolue au cours de l'été suivant, grâce aux progrès de la science et à la ténacité des enquêteurs qui continuaient à travailler, vingt ans après, à ce « *cold-case* ».

Les techniciens en identification criminelle du groupement arrivèrent rapidement. Ils commencèrent leurs opérations de criminalistique : revêtus de leurs combinaisons, masques, gants, il s'agissait de « fixer » la scène par des photos, et de se rapprocher progressivement tout en détectant et prélevant le moindre indice. Trace de pneu, de chaussure, mégot, cheveux, crachat, tout ce qui aurait été susceptible de nous mettre sur la piste d'un acteur du drame. La défunte fut examinée un peu plus tard, avant la levée de corps : aucune trace de violences, ce qui renforçait l'option du suicide…

Les constatations techniques sont toujours longues. De ce champ où nous étions, au pied de la Chartreuse, je pus voir passer l'hélicoptère à deux reprises. Les recherches du randonneur de la veille continuaient, et j'appris rapidement la bonne nouvelle : il avait été retrouvé vivant après avoir passé la nuit en bordure du chemin. Il semblait totalement désorienté, comme s'il avait été touché par un éclair à proximité. Mais il était en vie et avait été pris en charge par les secours, c'était l'essentiel. Mes équipes du groupe montagne pouvaient rentrer dans leurs unités.

Arrivant à la brigade du Touvet, l'une d'elles eut la surprise de tomber sur une voiture recherchée depuis quelque temps. Une équipe de voleurs à la roulotte avait pris la mauvaise habitude de s'attaquer aux parkings des cimetières, vidant les voitures des victimes pendant que celles-ci se recueillaient sur les tombes de leurs proches… Nous avions un véhicule signalé, avec une fausse plaque. Mes deux enquêteurs avaient beau revenir d'une recherche en montagne, ils n'en avaient pas perdu pour autant leur sens de l'observation, et repérèrent ainsi la voiture suspecte occupée par les deux voleurs. L'occasion ne se représenterait sans doute pas…

C'est donc armés de leurs seuls bâtons de montagne, et sans menottes, qu'ils décidèrent d'intervenir, interpellèrent les deux malfaiteurs, puis les ramenèrent à la brigade toute proche. Pris la main dans le sac, ou plutôt les jambes dans la voiture, les deux voleurs furent ensuite mis en examen et incarcérés. Cette prompte interpellation mettrait fin à une série de vols particulièrement ignobles... Ne vit-on pas déjà suffisamment de tristesse dans les cimetières pour que ce ne soit pas le lieu d'un vol ?

En parallèle, les investigations sur la jeune défunte continuaient. Quelles pouvaient être les causes de sa mort ? Les constatations sur la voiture n'avaient rien donné, on n'avait pas non plus trouvé trace de médicaments... Les vêtements ? Ils avaient été retrouvés entre la voiture et le corps, mais, là encore, sans aucune trace de violence. Après un échange avec les enquêteurs de ma brigade des recherches, je demandai le concours de la section de recherches[1] qui engagea un enquêteur en tant que coordinateur criminalistique dès l'autopsie, laquelle allait être capitale.

À l'issue de celle-ci, nous nous sommes réunis avec les enquêteurs et les techniciens en identification criminelle. Le coordinateur criminalistique

1. Unité située au siège de la Cour d'appel, chargée des enquêtes judiciaires les plus sensibles.

nous montra les photos de l'autopsie. En ressortaient deux points clé : la jeune femme avait ingéré des petites boules, qui pouvaient être des baies toxiques, mais présentait aussi une petite marque sur une cuisse, qui pouvait correspondre à une légère trace de violence. Ne voulant éluder aucune option, y compris celle du crime, le procureur adjoint nous demanda de porter en urgence les prélèvements d'ADN à un laboratoire de Lyon. Dans le même temps, les restes alimentaires de son estomac seraient envoyés en analyse toxicologique.

Aucun élément ne venait confirmer l'acte malveillant, nous en restions donc au scénario le plus probable : un suicide provoqué par l'ingestion de baies toxiques, associé à des crises qui l'avaient amenée à se déshabiller, puis à ramper jusqu'au lieu où nous l'avions trouvée. Certes, nous ne pouvions décrire avec certitude le scénario. Pour autant notre travail avait consisté, même *a posteriori*, à défendre la vie de cette jeune femme en s'assurant qu'elle n'avait pas été victime d'un criminel.

Ce 1er mai avait été une journée hors-norme. Mais à l'heure du bilan, nos actions nous rechargeaient d'énergie pour notre travail. L'enquête sur le braquage du bureau de tabac était lancée. Un homme avait été sauvé après avoir passé une nuit perdu dans la montagne. Nous avions mis hors d'état de nuire deux délinquants qui détroussaient les voitures aux portes des cimetières. Enfin, nous avions pu démontrer que la jeune femme, malheureusement retrouvée décédée, n'avait pas été violentée.

Nous n'avons pourtant eu que la partie la plus « facile » de cette dernière affaire. En effet, les images de son corps dénudé dans le champ, comme les photos de l'autopsie, n'ont eu pour nous qu'une signification avant tout technique, tant nous étions absorbés par l'enquête et le désir d'établir la vérité. C'est la brigade en charge de sa disparition, proche de son lieu d'habitation, qui s'est chargée du plus difficile : annoncer à sa famille qu'ils ne reverraient plus leur fille vivante.

4

Samuel

J'ai rarement été tant ému face à un mort. L'autopsie de la femme noyée[1] n'était rien à côté de la découverte que j'évoque ici. Je suis persuadé que l'émotion intense, celle qui s'imprime dans la mémoire, n'est généralement pas causée par la seule vision d'un corps dégradé. En revanche, tout ce qui fait appel à nos sentiments peut nous atteindre. C'est ainsi que la douleur des proches laisse généralement plus de souvenirs que l'image du cadavre elle-même. Parmi les exceptions connues figurent le jeune âge du défunt, surtout si l'on a soi-même des enfants d'âge proche, et également tout ce qui peut nous renvoyer à notre propre condition. C'est pourtant, ce jour-là, une tout autre situation qui allait me bouleverser.

En ce samedi matin d'automne, les Grenoblois étaient nombreux à profiter du beau temps pour goûter les couleurs orangées des forêts des massifs montagneux. Randonneurs, ramasseurs de champignons,

1. Cf. introduction.

également parfois chasseurs, les parkings d'accès aux sentiers d'altitude étaient bondés.

Je reçus soudain un appel de la brigade de Domène, activée par le centre opérationnel. Un randonneur venait d'être touché par une balle de chasse, *a priori* accidentellement, juste au-dessus de Freydières, hameau connu pour être l'un des points dc départ des belles randonnées du massif de Belledonne, vers ses refuges et ses lacs qui brillaient sous les neiges des sommets. Les pompiers avaient reçu l'alerte les premiers. Ils n'étaient pas encore sur place, mais on craignait un arrêt cardio-respiratoire. Donc, potentiellement, un pronostic vital.

Au fond de moi – oserais-je l'avouer ? – égoïstement, j'en voulais presque à ce chasseur, qui allait me priver d'un déjeuner en famille ce samedi-là. C'était bien futile par rapport au drame qui se jouait.

Je rendis compte à l'officier de permanence du groupement et m'équipais pour partir, quand tout s'accéléra : un second compte rendu m'annonçait déjà le décès du randonneur. Il s'appelait Samuel. Outre la sensibilité de l'enquête qui s'annonçait, je devais me préparer à subir une certaine pression médiatique.

Je fis donc la route le plus rapidement possible, et j'arrivai juste avant le journaliste du *Dauphiné libéré*, pourtant parti de plus loin. La presse locale était redoutablement rapide et bien informée sur les faits divers, combinant des sources institutionnelles et un maillage de correspondants locaux dans les villages, qui en général connaissaient bien les pompiers volontaires du centre de secours et les élus. Au *Dauphiné libéré*, les journalistes des faits divers téléphonaient deux fois par jour à toutes les compagnies de gendarmerie du département, aux commissariats et au centre opérationnel départemental d'incendie et de secours. Ils savaient aussi aller chercher des informations auprès des autorités judiciaires, de la préfecture…

Sur place, deux patrouilles bouclaient la zone autour du corps et réalisaient les premiers actes d'enquête en attendant le renfort de la brigade des recherches à qui j'avais confié l'affaire : photos de la scène, identités des témoins, recueil des premiers témoignages… Je croisai le médecin du SAMU héliporté sur les lieux qui remballait déjà son matériel, tout comme les pompiers. Le drap blanc n'était pas encore posé sur le corps, et je rencontrai le visage de ce jeune homme aux yeux encore ouverts. Étudiant, une vingtaine d'années, Samuel marchait sur ce chemin avec un ami depuis quelques minutes seulement quand une balle de chasse l'avait touché par le côté, traversant le cœur. Il avait seulement eu le temps de crier : « c'est quoi ça ! » et s'était effondré d'un coup, au point que son ami, ayant continué à marcher, avait dû se retourner pour comprendre ce qui venait d'arriver.

Son corps et son visage, extérieurement intacts, semblaient encore vivants lorsque je les observai. C'était d'autant plus saisissant que son décès remontait à une demi-heure à peine : le corps n'était pas encore rigidifié. Au fond de moi, j'avais du mal à intégrer qu'il était mort, tant il semblait encore plein de vie. J'imaginais le jeune étudiant démarrant ses projets de vie, pratiquant la montagne comme beaucoup à l'université de Grenoble. Sa mort me semblait terriblement injuste, lui qui n'avait pas pris le moindre risque dans son activité. À cause de tout cela, la vue de ce corps fut pour moi beaucoup plus dure à accepter que celle, par exemple, de personnes s'étant donné volontairement la mort : en plus de choisir délibérément de mourir, celles-ci utilisent généralement des méthodes assez violentes, ce qui respecte rarement l'intégrité extérieure du corps.

Ce n'est cependant que dans les heures et les jours qui suivirent que je pus tenir ce raisonnement. Sur le moment, seule l'enquête comptait : elle devait se dérouler et je n'avais pas le loisir d'écouter mes émotions. Et quand bien même les aurais-je écoutées, qu'en faire à ce moment précis ? L'ami de Samuel, sous le choc, était encore là. Tous les autres acteurs, pompiers, SAMU, gendarmes, voyaient la gravité de la scène : mais derrière l'uniforme noir liseré de rouge, blanc, bleu, personne ne laissait rien transparaître. Parfois, dans ce genre de situations, l'un ou l'autre sort une blague, de préférence à mi-voix pour ne pas être entendu de la famille. Façon de se blinder intérieurement, ou de jouer au dur que rien n'impressionne. Ou les deux. Il est vrai que notre métier ne prépare pas spontanément à l'expression des émotions, et que le nécessaire aguerrissement vécu en formation donne plutôt l'illusion qu'il faut être un dur.

Ce n'est qu'assez récemment que nous avons commencé à travailler notre formation sur les aspects physiologiques – savoir récupérer – ou psychologiques – savoir détecter les situations où nous aurons besoin de faire sortir les émotions, pour soi ou pour un autre. Depuis quelques années, est d'ailleurs évoquée la notion de premiers secours psychologiques pour les camarades les plus durement touchés, comme ce fut notamment le cas pour les militaires de la compagnie d'Ambert lorsque trois d'entre eux tombèrent coup sur coup sous les balles d'un forcené survivaliste surarmé. Pour autant ces travaux, qui vont dans la bonne direction, mettront du temps à irriguer notre culture interne. Que ce soit pour paraître fort par pression sociale interne, ou par pudeur vis-à-vis des spectateurs présents lors de ces drames, il n'est toujours pas d'usage de montrer ce que l'on ressent. D'où, une fois à l'abri des regards, la nécessité de créer de telles occasions, en favorisant l'indispensable échange qui permettra de faire sortir ce que nous avons enfoui en nous.

Mais revenons à ce jour tragique, où nous n'en étions pas à cette étape. Sur le terrain, je le répète, l'action devait primer. Passée la vaine intervention du SAMU, c'était à nous de prendre la main pour l'enquête. Le chasseur auteur du tir n'avait pas cherché à se défausser. Il nous attendait sur place et serait placé en garde à vue pour homicide involontaire. Nous n'en devions pas moins, pour autant, réaliser des constatations minutieuses afin de déterminer les circonstances exactes du coup de feu. Comme pour un meurtre, la levée de corps se déroula en présence d'un médecin légiste, et les techniciens d'identification criminelle nous rejoignirent pour les relevés balistiques. Pour cela, il nous fallait minutieusement chercher les indices entre les arbres, manquant parfois de chuter dans la pente.

Se concentrer sur les actes d'enquête permettait à tous d'oublier temporairement le visage de Samuel. Ou du moins de le regarder intérieurement avec le sentiment d'une modeste action en sa faveur : celle de trouver tous les éléments nécessaires à démontrer la responsabilité du tireur. Nos efforts dans ce ratissage ne furent, du reste, pas vains. Bientôt, l'un des enquêteurs poussa un cri de victoire à la découverte de la douille. Elle nous indiquait l'endroit d'où le tir était parti et nous permit d'effectuer des relevés d'altitude et de distance. C'est ainsi que nous avons pu démontrer que le chasseur avait tiré en direction du chemin de randonnée depuis une pente située en contrebas, et avec un angle tel que la balle ne pouvait terminer sa course dans le sol. Cela constituait une double faute objective : les règles de la chasse interdisent tout tir en direction d'un chemin et imposent de n'effectuer que des tirs « fichants », c'est-à-dire qui se terminent dans le sol à un horizon visible. De plus, ce groupe de chasseurs connaissait parfaitement ce secteur qu'il pratiquait régulièrement ; le tireur ne pouvait donc ignorer la présence du chemin.

Ces constatations nous permirent d'évacuer tout de suite la première explication de l'auteur présumé, qui prétendait que sa balle avait probablement ricoché. Mais il s'en tint ensuite à une version selon laquelle il avait aperçu un chevreuil et tiré dans sa direction. Nous ne saurons jamais s'il y avait vraiment un chevreuil et ne pourrons jamais l'exclure. Mais impossible aussi de s'empêcher de considérer comme probable l'hypothèse d'un tir à bout portant en direction du randonneur, dont le mouvement aurait pu être confondu avec celui d'un animal. Toutes les règles de la chasse précisant qu'une cible doit toujours être identifiée avant le tir, ce fait aurait constitué une évidente faute supplémentaire.

La responsabilité du chasseur n'en était pas moins indiscutable, au point que la fédération départementale de chasse se constituerait partie civile, considérant que cet événement donnait une mauvaise image de l'activité et des pratiquants qu'elle représentait. Malgré cela, ce fait divers tragique connut un retentissement bien supérieur au meurtre qui nous occuperait quelque temps plus tard[2]. Je répondrais sur place aux interviews de France 3 Alpes et du *Dauphiné libéré*, puis par téléphone à l'AFP dont la dépêche serait reprise par toutes les chaînes d'infos. Surtout, plusieurs associations s'emparèrent de la mort de Samuel pour réclamer un jour sans chasse le week-end dans le département. Concours de circonstances, Frédi Meignan, président de l'association Mountain Wilderness et représentant des gardiens de refuge de l'Isère, tenait un restaurant à quelques centaines de mètres du lieu du drame : il fut l'un des premiers à s'exprimer en ce sens dans les médias. Le père de Samuel plaida lui aussi pour cette mesure, avec une dignité qui força mon admiration tant il veilla à ne pas généraliser et ne pas jeter la responsabilité sur tous les chasseurs.

Mais pendant que ce débat sur la cohabitation entre chasseurs et randonneurs débutait, et qu'une

2. Cf. chapitre 5.

marche blanche s'organisait, notre enquête continuait. Nous avons sollicité le concours des agents de l'Office national de la chasse et de la faune sauvage[3], qui connaissaient bien les groupes de chasseurs des différents secteurs. Ils avaient d'ailleurs identifié ce groupe pour sa tendance à franchir la ligne jaune des réglementations, et nous furent d'une aide précieuse pour analyser les faits à la lumière des règles et usages en vigueur. À l'issue de sa garde à vue, le tireur fut mis en examen. Nous avions saisi l'ensemble de ses armes et il n'avait désormais plus le droit de chasser dans l'attente de son procès. Le temps judiciaire n'étant pas le temps de l'émotion, celui-ci se tiendrait près de quatre ans plus tard. En mai 2019, le chasseur, qui assurerait devant le tribunal ne pas comprendre ce qui s'était passé, sera condamné à trois ans de prison dont un an ferme.

Notre quête de vérité n'enlevait rien à l'émotion que nous ressentions. Pour un professionnel intervenant, il est évidemment délicat, en de telles circonstances, d'exprimer ses sentiments sur le moment, au risque de paraître indécent vis-à-vis des proches du défunt. Il n'empêche : comme les pompiers ou le médecin du SAMU, nous avions été directement confrontés à ce

3. L'ONCFS, devenu depuis l'Office français de la biodiversité (OFB), est l'un des acteurs de la police de l'environnement et un partenaire naturel de la gendarmerie dans les territoires.

visage soudainement immobilisé. Je crois que je ne fus pas le seul militaire de la compagnie touché par le caractère si injuste de cette mort, frappant un jeune adulte. Un constat qui pose la question de l'attitude à adopter vis-à-vis de nos subordonnés, et dont la réponse impose une subtile équation : où placer le curseur entre la nécessaire « densification de l'être[4] » propre à tout militaire – qui doit nous rendre plus solides – et l'émotion inévitable que connaît chaque individu, et qui doit aussi s'exprimer ? La première suppose que nous soyons un peu mieux armés face aux situations émotionnellement fortes ; un armement qui se développe par notre expérience, notre accompagnement face aux situations les plus douloureuses, mais aussi notre entraînement, qui s'appuie sur notre recrutement, dont les épreuves psychologiques visent à rechercher des personnes émotionnellement solides. Cela appelle donc à ne pas infantiliser nos troupes en déclenchant un soutien psychologique à chaque découverte de cadavre, contrairement

4. J'emprunte ici le concept de « la Densification de l'Être », qui est à la fois un concept et le titre du livre où ses auteurs le décrivent (Pippa éditions, Paris, décembre 2017). Pour Gérard Chaput, Christian Venard et Guillaume Venard, respectivement médecin militaire, aumônier militaire et officier de l'armée de terre, la densification de l'être permet de se préparer aux situations difficiles. Elle s'appuie sur quatre axes que sont la densification physique, la densification psychique, la densification métaphysique et la densification de groupe.

à l'environnement scolaire, ou même en entreprise, où une mort violente donne immédiatement lieu à la mise en place d'une cellule dédiée. Mais l'émotion intérieure, par la fréquence à laquelle elle s'invite dans nos âmes de gendarmes, invite à relativiser cette position.

Dans le cas présent, je n'organisai rien, ni institutionnellement ni informellement, et laissai les gendarmes débriefer entre eux dans leur brigade. Avec le recul, j'aurais dû prendre le temps de boire au moins un café avec les intervenants, quitte à leur forcer la main pour les regrouper, alors que le service continuait et que les missions s'enchaînaient. Je suis en effet certain, comme je l'ai déjà dit, que d'autres que moi avaient aussi été frappés par ce visage rappelant si fort la vie qui venait de le quitter. Certes, il aurait été malvenu sur le moment de nous laisser déborder par nos émotions. Pour autant, cela aurait été positif pour tout le monde de se donner l'occasion de les exprimer ensuite, une fois entre nous.

Cependant, nous étions sécurisés dans l'action, l'action de l'enquête judiciaire, et nous avions en face de nous un tireur qui ne niait pas sa responsabilité, même s'il cherchait probablement à minimiser sa potentielle culpabilité. Ainsi avons-nous pu jouer notre rôle et ne pas rester simples spectateurs de ce drame, ce qui a heureusement permis de limiter notre affection.

En revanche, Théo, l'ami de Samuel qui l'accompagnait ce jour-là, a été profondément meurtri. Après avoir vu s'effondrer son compagnon de randonnée, il a dû apprendre à vivre sans se répéter chaque jour que cette balle aurait pu être pour lui, et sans culpabiliser d'avoir survécu à la place de son ami.

5

Sec

Parmi les actions difficiles de notre métier, humainement parlant, les annonces de décès sont parmi les plus sensibles. Dans ces moments, la douleur des familles s'exprime directement vers nous. Cette mission est d'autant plus rude lorsque notre rôle se limite, ce qui est souvent le cas, à celui du messager. Cependant, et en d'autres occasions, l'annonce succède à la découverte de la mort et se mêle à d'autres actions qui font partie de notre mission de gendarme. Parfois, l'annonce d'un décès intervient dans le cadre d'une enquête au cours de laquelle les proches sont potentiellement soit victimes « collatérales », soit auteurs ou complices. Il arrive même que l'un de ces acteurs passe d'un statut à l'autre, et qu'on lui propose de déposer plainte alors qu'il pourrait devenir un suspect.

C'est toute la difficulté des drames familiaux où l'auteur des faits a d'abord été victime, parfois depuis bien longtemps, comme ce fut le cas dans l'affaire Jacqueline Sauvage. Comme tout le monde, j'ai entendu parler de celle-ci par les médias, tant cette affaire a défrayé la chronique et suscité un élan de sympathie pour cette femme mise en cause pour le meurtre de son mari, et dont la défense reposait sur le fait qu'elle se disait régulièrement battue. Pour autant, les enquêteurs que nous sommes doivent s'interdire de prendre parti et donc commencer par appliquer strictement la loi pénale. Or, celle-ci précise que la légitime défense n'exonère de responsabilité que celui qui se défend au moment où l'agression a lieu. La loi n'autorise pas la vengeance. En pareil cas, les enquêteurs devront appliquer le droit et donner les moyens à la cour d'assises, donc aux jurés, de juger la personne avec l'ensemble des circonstances permettant de statuer sur sa culpabilité et, le cas échéant, de fixer une peine adaptée. Mais quoi qu'il arrive, une mort violente est un drame pour les proches. Et pour eux, les choses commencent toujours par une annonce.

Cette nuit de mi-décembre, je fus réveillé par un gradé, Fabien, vers une ou deux heures du matin. Chef de patrouille, OPJ et gradé de permanence pour son unité, cet adjudant expérimenté nous avait rejoints depuis quelques mois. Pour autant, je sentis vite dans son compte rendu téléphonique que l'affaire sortait de l'ordinaire et qu'il ne savait pas comment la prendre. Et surtout qu'à lui seul, il ne pourrait pas tout faire. Il me résuma la situation : un appel était parvenu au 17, signalant une bagarre devant une maison de village. Le témoin évoquait des cris et au moins une personne porteuse de ce qui ressemblait à une barre de fer. Très vite, le centre opérationnel avait engagé Fabien, en tant que chef de patrouille de l'unité locale, alors qu'il était déjà dehors.

Avertie de l'événement par la conférence radio, la patrouille de la brigade voisine s'était portée en renfort de sa propre initiative, comme cela se pratique souvent lorsque les circonstances le permettent : si la bagarre avait toujours été en cours, ou si la première patrouille avait fait face à quelqu'un de violent, alcoolisé ou sous l'influence de quelque crise psychotrope, le renfort d'un second binôme n'aurait pas été de trop.

À leur arrivée, ils ne trouvèrent cependant que des traces de sang et une chaussure. La scène se situait au niveau du portail ouvert d'une maison, voisine de celle du témoin qui nous avait prévenus. L'une des équipes prit contact avec la propriétaire, qui déclara n'avoir rien vu ni entendu. Mais elle reconnut la chaussure de son mari, sans pour autant manifester de panique. Le chef de la seconde patrouille remarqua des taches sur ses bras, et eut le réflexe de se demander si cela n'était pas le signe de violences conjugales. Les deux gradés décidèrent alors de procéder à des recherches rapides dans les environs immédiats, afin de s'assurer que la victime de la bagarre n'était pas en train d'agoniser aux alentours, ou que la barre de fer n'avait pas été abandonnée. Quelques minutes plus tard, ils remarquèrent un homme marchant le long de la route dans leur direction avec une lampe à la main. Alors qu'ils se dirigeaient vers lui, l'individu s'échappa de leur vue et tenta de rejoindre sa voiture, garée dans une ruelle perpendiculaire. Mais il fut moins rapide que les gendarmes, qui l'interceptèrent juste à temps. Ses vêtements étaient tachés, non seulement de boue mais aussi de sang. Une sorte de gourdin, qui s'avérera être un manche de pioche en bois, était visible à l'intérieur de sa voiture. Il était également maculé de sang.

Les militaires avaient manifestement devant eux l'un des protagonistes du drame. Pour autant la victime, elle, restait introuvable, et on ne savait rien de la gravité de ses blessures. Durant le compte rendu téléphonique qui m'était fait, je tâchai de raccrocher ensemble les quelques pièces de puzzle déjà entre nos mains, mais aussi d'analyser les premières actions à mener sans mettre en péril le reste de la procédure. Je demandai à l'adjudant de placer l'homme en garde à vue pour violences aggravées. Avec du recul j'aurais dû rapidement lui demander de choisir une qualification criminelle, telle que l'homicide volontaire ou les fameux « coups et blessures ayant entraîné la mort sans intention de la donner », afin de sécuriser la garde à vue et de faire en sorte que tous nos actes restent valables dans le cas d'une requalification criminelle[1]. Pour autant, réveillé depuis quelques minutes et découvrant cette affaire à distance, je devais parer au plus pressé. Comme souvent lors de ces réveils nocturnes, je commençai par demander à mon interlocuteur l'horaire de son appel afin de me remettre dans le contexte. Puis je donnai l'ordre de mettre en place un gel des lieux en prévision des constatations criminalistiques sur le site, et chargeai Fabien de rendre compte à son lieutenant et, pour être autorenforcé, de faire appel aux astreintes de son unité.

Pendant que je donnais ces directives par téléphone, j'entendis derrière mon interlocuteur la voix d'un gendarme du centre opérationnel. Par la radio qui grésillait dans le véhicule, il annonçait sur la conférence un accident de la route survenu au-dessus de ce même village, en direction des balcons de la chaîne de Belledonne. Je rassurai l'adjudant en lui disant que j'allais faire prendre en compte cette intervention par une autre patrouille, quitte à faire sortir une troisième unité, puis je transmis mes ordres à Mehdi, le chef de la seconde patrouille. Mission :

1. Une personne mise en cause pour un crime doit obligatoirement faire l'objet d'un enregistrement vidéo durant ses auditions. L'absence d'enregistrement vidéo aurait pu conduire à faire annuler les procès-verbaux issus de cette garde à vue, ce qui aurait pu être très préjudiciable en cas d'aveux circonstanciés puis de rétractation.

retrouver la victime, en élargissant progressivement le secteur de recherches. Cela tombait bien, car cet adjudant-chef avait effectué presque toute sa carrière dans la vallée et connaissait très bien le secteur. Il faisait partie des piliers de la compagnie, était apprécié humainement par les équipes, et toujours volontaire quelles que soient les missions – je me rappelle l'avoir vu partir sur quasiment toutes les épreuves du tour de France, y compris en renfort vers la Savoie et la Haute-Savoie. Sportif et fan de vélo comme nombre de gendarmes de la compagnie, Mehdi était surtout un grand professionnel. « Mon commandant, me répondit-il sur-le-champ, on va quand même monter voir l'accident de voiture, je ne le sens pas. » Son intuition se transforma rapidement en doutes sérieux lorsqu'on découvrit que Cyril, le propriétaire de la maison au portail ensanglanté, détenait une Peugeot 208, comme celle signalée sur le lieu de l'accident.

Je réveillai sur-le-champ le binôme de permanence de la brigade des recherches, enquêteurs également placés au chef-lieu de ma compagnie. Je fis également un premier compte rendu à l'officier de permanence de mon groupement, puis allai me préparer à partir sur le terrain. Contrairement à mes habitudes lors de ces réveils au milieu de la nuit, je pris néanmoins le temps de me raser, car je sentais que cette affaire allait nous mobiliser de nombreuses heures et que la journée était bel et bien commencée. Quelques instants plus tard, Mehdi me rappelait. Son compte rendu fut bref : « Mon commandant, c'est bien lui, il est sec. J'ai tenté de lui prendre un pouls, en vain. » Arrivé avant les pompiers, il avait retrouvé la 208 du mari tombée dans un ravin en contrebas de la route. Des traces de sang étaient visibles sur la banquette arrière, et l'homme, dont le cœur ne battait plus, n'était visiblement pas au volant lors de la chute.

Cette nuit-là, les circonstances avaient joué en notre faveur : un arbre avait rapidement arrêté la voiture lors de sa course dans le ravin ; elle n'était qu'à quinze ou vingt mètres de la route. De plus, le choc avait automatiquement allumé les feux de détresse, et un automobiliste passé par là avait pu immédiatement signaler l'accident aux pompiers.

Avant de prendre la route, je réveillai le procureur de la République, comme c'est l'usage pour les affaires sensibles en complément de l'appel direct des enquêteurs au magistrat de permanence du parquet. C'était désormais une certitude : nous étions face à un meurtre. Je me devais donc de l'alerter rapidement, puis prendre toutes les précautions possibles pour traiter avec rigueur chaque acte de cette enquête.

Une fois arrivés avec la brigade des recherches sur le lieu de la bagarre, nous avons repris contact avec la femme du mort. Christophe, l'un des enquêteurs, lui annonça directement : « Madame, votre mari est décédé. » Elle ne dit rien, se leva, alla à la rencontre de son fils d'environ 8 ans, qui s'était réveillé et se tenait dans le couloir, puis le prit dans ses bras et pleura. Était-elle réellement triste ? Triste et en même temps soulagée d'un mari violent ? À ce moment-là, nous étions tellement concentrés sur l'enquête et sur nos observations que nous n'avons pas ressenti l'émotion de cette scène. Scène pourtant dramatique de la veuve encaissant avec le jeune orphelin l'annonce du décès du père.

Je rejoignis ensuite Mehdi et son binôme sur le lieu de l'accident de voiture. Tout indiquait que cette sortie de route n'était effectivement qu'un élément du meurtre. Être arrivé avant les pompiers, parce qu'il avait voulu vérifier cet accident en priorité, avait permis à Mehdi de se placer immédiatement dans le contexte de l'affaire et de figer un minimum la scène. Conformément à leur protocole, les secouristes avaient tenté de ranimer l'homme jusqu'à ce que le médecin le déclare décédé. Mais l'enquêteur avait eu le temps de prendre des photos de la position du corps et de la voiture avant leur intervention. Ces images confirmeraient et rendraient particulièrement convaincantes ses constatations : ce n'était pas un accident. Son intuition était la bonne.

Une fois cette pièce centrale fixée au reste des éléments du puzzle, il ne nous restait plus qu'à dérouler nos cours de police judiciaire. En sept ans de gendarmerie départementale, c'est le seul véritable assassinat, hors tentatives, que j'ai eu à traiter avec mes équipes. C'est pourtant le type d'affaires auquel nous sommes le mieux préparés à réagir, tant les formations et les protocoles sont polarisés par les crimes de sang. Ainsi, j'obtins sans délai le concours des techniciens d'identification criminelle (TIC), qui firent de minutieuses constatations sur le lieu du pseudo-accident, dans le véhicule, et sur le lieu de la bagarre. Une fois encore, je sollicitai le concours des CRS Alpes, unité de permanence du secours en montagne, afin que la levée de corps fût réalisée par des secouristes, à la fois enquêteurs habilités et habitués aux techniques de brancardage en milieu montagneux.

L'homme interpellé nous avoua rapidement être l'auteur du meurtre. Il avait tué pour des raisons passionnelles, puisqu'il avait une liaison avec Gladys, l'épouse du défunt. On retrouva dans sa voiture un emploi du temps de la victime et de ses enfants : cet amant professionnel savait en permanence quand il pouvait se rendre chez sa maîtresse. Il chercha d'abord à la disculper totalement du meurtre de son mari, nous expliqua qu'elle était battue et que c'était pour mettre fin à ces violences conjugales qu'il était intervenu. La réalité se révélerait autrement plus complexe. Les taches repérées par Mehdi sur le bras de la femme s'avéreraient en effet ne pas être causées par des coups, et le médecin de famille confirmerait n'avoir jamais constaté de violences. Placée en garde à vue quelques heures après son amant, l'épouse infidèle était probablement l'instigatrice du meurtre, et l'amant manipulé, son bras armé. Pour se débarrasser du mari, leur projet était simple : tandis que monsieur participait à une soirée de retrouvailles avec d'anciens camarades d'université, l'amant prévenu par madame et armé de son manche de pioche s'était caché derrière le portail en attendant que le mari ne l'ouvre pour rentrer sa voiture.

Le meurtrier espérait assommer sa victime d'un coup sur la tête, comme on ne le voit que dans les bandes dessinées pour enfant. Il devait ensuite tuer le mari gênant en l'étouffant, le conduire dans sa voiture jusqu'au virage surplombant le ravin, placer le corps au volant puis pousser la voiture dans la pente afin de maquiller l'assassinat en accident. La réalité fut quelque peu différente : loin de se laisser faire, Cyril se débattit en criant, ce qui permit au voisin de l'entendre supplier « arrête ! », d'apercevoir la scène et de nous prévenir. Nos équipes arrivèrent trop tard pour le sauver, car son bourreau l'avait en fait tué sur place à coups de bâton. Après lui avoir donné la mort, il avait chargé le cadavre à l'arrière de la voiture et avait pris le volant, comme prévu, jusqu'au lacet surplombant le ravin. Sans prendre le temps de déplacer la victime et, en tout cas, sans lui avoir passé la ceinture de sécurité, il avait ensuite poussé la voiture dans la pente. Puis le tueur était redescendu à travers champs jusqu'au lieu initial du crime, où il avait laissé sa propre voiture et son arme. Cette marche nocturne expliquait l'état de ses vêtements.

Sur le lieu de la découverte du corps, la tête ensanglantée et fracturée témoignait de la violence du meurtre, tout comme la flaque de sang laissée à côté du portail. Mais cette violence avait été l'erreur des amants criminels : c'est l'alerte donnée par ce témoin capital à la suite des cris qui nous avait permis d'interpeller le tueur alors qu'il redescendait juste du lieu du pseudo-accident. Dans le cas contraire, l'identification de cet homme aurait probablement demandé de nombreux efforts tant le secret de leur relation adultère était bien gardé[2]. Cette prompte alerte nous avait également permis de prendre contact avec la femme, qui ne s'était manifestement pas

2. En pratique, des investigations sur le téléphone de l'épouse nous auraient probablement permis d'identifier rapidement cette relation dans le cadre d'un environnement approfondi du couple ; en effet, la piste familiale n'est jamais à exclure d'emblée.

autant préparée à ce que les gendarmes sonnent en pleine nuit pour lui demander des nouvelles de son mari et lui présenter sa chaussure, avant même d'avoir découvert son corps sans vie.

Tous deux mis en examen, ils furent incarcérés deux jours après le meurtre et ont été depuis condamnés à quinze années de réclusion par la cour d'assises de l'Isère.

En repensant à cette affaire dans les heures et les jours qui suivirent, je ne pus m'empêcher de m'interroger sur les capacités de manipulation de cette femme qui, à l'annonce du décès, avait mimé devant moi une scène bien préparée à l'avance. Je fus surtout pris de pitié pour les deux enfants, ce garçon et cette fille, à peine l'âge de raison, que j'avais croisés en pyjama durant la nuit. Heureusement pris en charge par leurs grands-parents dès le matin, ces pauvres enfants auront dû encaisser en deux jours la mort de leur papa et l'incarcération de leur maman.

Dans ce drame terrible, notre travail avait consisté à protéger, même *a posteriori*, la victime de ce meurtre. Rassembler les preuves, identifier les auteurs, les présenter à la justice, nous avions mis en œuvre les fondements de notre mission de police judiciaire. En pareil cas, notre action a toujours du sens, car en identifiant les auteurs de crimes, c'est toute la société que nos investigations vont protéger. Cela va bien au-delà des seuls proches de la victime qui pourront, peut-être, mieux faire leur deuil et être partie civile au procès. Mais tout ce que nous avions fait dans cette affaire ne pouvait pas apporter grand réconfort à ces deux enfants, d'autant que la responsabilité de leur mère dans le meurtre de leur père allait encore amplifier leur douleur.

J'ai eu l'occasion, en préparant ce récit, d'évoquer avec Mehdi la découverte de cette victime. Nous ne l'avions jamais débriefée formellement, probablement parce que ni lui ni moi n'en avions ressenti le besoin. En tel cas, en effet, les réflexes professionnels prennent le dessus. La confrontation à la mort de Cyril n'était pas réellement brutale pour nous, car nous étions à sa recherche et nous nous attendions déjà au pire. Et même si nous aurions préféré le retrouver vivant, nous avions retrouvé la pièce du puzzle qu'il nous manquait pour confirmer nos pressentiments. Pour Mehdi, son statut de premier OPJ sur le lieu de la découverte du corps l'avait de plus obligé à dérouler un certain nombre d'actes professionnels, en les adaptant au terrain et à la réalité de l'intervention, tout en faisant preuve de fermeté et de négociation vis-à-vis des pompiers, afin que leur intervention n'entrave pas la nôtre. De ce fait, il n'en a jamais souffert *a posteriori*. Il y a évidemment repensé, tant cette affaire était hors du commun d'un point de vue professionnel, mais cette confrontation à la mort ne l'a pas hanté.

L'enquête judiciaire est donc une arme qui protège l'enquêteur face aux émotions. Mais c'est aussi une discipline qui ne fait pas bon ménage avec les sentiments. Difficile paradoxe pour l'enquêteur, car l'accueil des victimes est un axe d'effort constant et sans cesse renouvelé depuis les années 2000. De mieux en mieux formés à cet accueil, nos gendarmes doivent donc développer des capacités d'écoute et une empathie à toute épreuve, qualités humaines qui seront très sollicitées auprès des victimes de violences sexuelles pour aider à libérer leur parole. Mais cette empathie peut aussi rendre vulnérable en générant une charge émotionnelle plus forte.

Pour autant, les enquêteurs doivent toujours conserver une neutralité et un recul par rapport aux faits et ne pas se laisser emporter par un jugement trop hâtif, ni dans un sens ni dans l'autre. Nous avons en effet tous vécu des affaires de dénonciation de viols au cours desquelles la victime finissait par se rétracter, en particulier chez les adolescentes. Je ne parle pas ici des affaires intrafamiliales où la victime est sous pression, parfois volontairement exercée par des tiers, parfois simplement débordée par les déflagrations multiples de ce qu'elle a enclenché – les séparations ou les crises intergénérationnelles sont fréquentes dans ces affaires. J'ai ainsi le souvenir d'une jeune fille venue avec ses parents dénoncer un viol de la part d'un ami de son père. Elle était totalement soutenue par sa famille, et je ne pense pas que la rupture d'amitié entre son père et l'homme dénoncé remettait en cause son équilibre de vie. Mais lorsqu'elle est revenue sur ses déclarations quelques semaines plus tard, nous avons finalement compris que son besoin d'être au centre des attentions parentales l'avait amenée à mentir. Il ne faut pas mettre en doute pour autant la parole de chaque plaignante, d'autant que les comportements instables, parfois mis en avant pour tempérer la parole des adolescents, peuvent aussi précisément s'expliquer par les agressions dont ils ont été victimes. Fort heureusement pour les faits graves, l'enquête est collective et l'on peut se permettre de confier la relation avec la victime à un enquêteur qui va être dans l'écoute et l'empathie, sans que la direction des investigations ne soit influencée par ses sentiments.

Dans le cas présent, c'est le procureur de la République qui nous a demandé de mettre également très vite l'épouse en garde à vue. Au moment où nous lui avons annoncé la mort de son mari, nous ne savions pas encore que l'homme interpellé était son amant. Mais à la découverte de la relation adultère, je n'avais pas eu le réflexe de la faire placer en garde à vue. J'étais sans doute, comme les enquêteurs qui m'accompagnaient, influencé par son statut de victime. Probablement aussi par mon émotion refoulée lors de l'annonce du décès à ses enfants. Influencé enfin, certainement, par le « cinéma » qu'elle nous avait joué à ce moment-là. Cette garde à vue était pourtant une mesure à prendre rapidement, pour éviter qu'elle n'ait le temps de « faire le ménage » en faisant disparaître dans la journée des éléments de preuve. Avec les enquêteurs, nous aurions assurément pris cette décision dans les heures suivantes, mais le recul du procureur de la République – qui n'avait eu ni contact avec les auteurs, ni vision des scènes d'infraction – lui avait permis de la prendre immédiatement.

C'est ce recul que certains doivent garder, ajouté à la collégialité dans la conduite de l'enquête judiciaire, qui nous permettent, finalement, de résoudre ce paradoxe permanent auquel nous sommes confrontés : nécessaire empathie vis-à-vis des victimes et objectivité dans la conduite des investigations.

6

Le lac

« Tu verras, le pire c'est le jour où tu arriveras avant les pompiers. Surtout si c'est un enfant. » À l'école de gendarmerie, j'avais entendu cette phrase prononcée par un ancien. Les officiers-élèves issus du recrutement interne aimaient en effet nous raconter leur expérience de « sous-off » acquise pour la plupart en escadron de gendarmerie mobile, souvent en renfort des unités départementales. Quelques-uns avaient déjà été affectés en brigade territoriale. Le sujet de la confrontation à la mort revenait donc souvent dans leurs conversations. Arriver avant les pompiers, c'était généralement en parlant d'un accident grave. Venaient ensuite les récits entendus ici ou là d'un gendarme traumatisé par telle ou telle intervention, notamment lorsque les circonstances le renvoyaient à sa propre situation. Ces militaires, souvent jeunes pères de famille[1], redoutaient particulièrement d'être

1. Nous étions en 2005 et la féminisation des unités de gendarmerie n'était pas au même stade qu'aujourd'hui. L'immense majorité de mes camarades de recrutement interne étaient donc des hommes, en particulier sur le concours

confrontés à la mort violente d'un enfant du même âge que l'un des leurs.

Je n'étais pas encore père lorsque je dus faire face pour la première fois à pareille situation, mais j'en fus marqué durablement.

Nous étions quelques jours après le 15 août. Je venais d'être affecté à la compagnie et découvrais progressivement ma circonscription, tout en assurant ma première semaine de permanence. Dans le massif de Belledonne, dont les cimes allaient bientôt se couvrir de neige avant l'heure, on croisait encore des touristes, mais surtout des habitants du pays profitant des dernières semaines de vacances scolaires. Ce vendredi, beaucoup de familles étaient venues profiter de la fraîcheur du lac de la Mirande, à la sortie de la ville thermale d'Allevard. À quelques dizaines de kilomètres de Grenoble, et surtout quelques centaines de mètres plus en altitude, ses gorges et ses forêts offraient déjà à la vallée du Bréda une atmosphère de montagne, sans avoir à monter jusqu'à la station du Collet. Une plage de sable était aménagée au bord du lac, les parents doraient sur leur serviette tandis que les enfants s'amusaient au bord de l'eau ou profitaient de la zone de baignade surveillée.

---

destiné aux plus jeunes sous-officiers. Ceux-là provenaient pour la plupart de la gendarmerie mobile, qui n'était pas encore ouverte aux femmes. Aujourd'hui les promotions de l'EOGN sont toujours plus féminisées, y compris par la voie semi-directe, ce qui m'amènerait à écrire « mères ou pères » si tout cela se déroulait quinze ans plus tard.

Sarah était partie jouer avec son ballon, sans que son père ne s'en inquiète. Quoi de plus normal pour une enfant de 9 ans? Mais à la fin de l'après-midi, au moment de repartir, elle avait disparu. Après avoir cherché sur la plage, demandé l'aide de la surveillante de baignade, son papa se résolut à appeler les secours. Le contexte était plus qu'inquiétant : une petite fille ne sachant pas nager, jouant au bord d'un lac… Aussitôt alertés, nous avons donc déclenché une opération de secours, menée par les pompiers, pour rechercher la fillette qui risquait fort de s'être noyée. Mais à la nuit tombante, elle pouvait tout aussi bien s'être perdue aux alentours, sans parler d'une mauvaise rencontre, qui reste heureusement exceptionnellement rare, et qui n'est qu'une hypothèse de travail extrême – je n'y fus d'ailleurs jamais confronté en sept ans de gendarmerie départementale[2].

J'arrivai sur le lieu de la disparition en même temps que les équipes de pompiers spécialisées en

2. La compagnie avait cependant été frappée de deux meurtres d'enfants, plus de quinze et vingt ans avant mon arrivée. Grâce aux progrès des laboratoires en recherches d'empreintes génétiques et à la ténacité des enquêteurs de la section de recherches de Grenoble, qui faisaient vivre ce dossier en relançant régulièrement des investigations – et éloignant ainsi la prescription – l'auteur fut interpellé en 2013. Il habitait toujours le quartier de Voreppe où il avait enlevé et tué successivement deux jeunes voisines, alors qu'il n'avait même pas 18 ans pour le premier de ces deux meurtres. Une fois l'assassin incarcéré, nous avions dû gérer des échauffourées entre des membres de la famille d'une des victimes et celle de l'auteur, qui se connaissaient et se fréquentaient toujours. L'une des fillettes avait été retrouvée quasiment au même endroit que la jeune femme évoquée au chapitre 3.

sauvetage aquatique. Pendant qu'ils s'équipaient pour fouiller le lac malgré la nuit tombante, j'organisai les recherches et le ratissage aux alentours, réalisés par les premiers gendarmes disponibles. Nous savions tous que la probabilité de la retrouver vivante était mince, mais je voulais tout de même espérer. Avec nous, la famille sentait que nous nous mobilisions et que tout espoir n'était pas perdu. Je fis fouiller les chemins de promenade accessibles autour du lac, mais aussi les bas-côtés de la route voisine. Nos moyens d'action étaient tout de même limités, du fait de la nuit, mais surtout de l'impossibilité de faire chercher une piste par un chien. L'odeur de référence n'était pas le problème : un vêtement de l'enfant sur place ou un drap récupéré à son domicile aurait pu convenir. Mais la fillette avait disparu en un lieu très fréquenté, sans aucun point de départ fixe. Les serviettes avaient été rangées depuis longtemps, et se trouvaient de plus dans une zone piétinée par le passage des estivants, tandis que les premières recherches avaient encore ajouté d'autres odeurs humaines tout autour.

Au bout d'une petite heure, nous étions au bout des possibilités de nos recherches terrestres. Je rendis compte à l'officier de permanence, auprès de qui je sollicitai le concours de notre hélicoptère. Il pouvait arriver de Lyon en trente minutes, et sa caméra thermique pourrait nous aider à rechercher l'enfant si elle s'était perdue ou blessée dans la forêt alentour. Je n'eus malheureusement pas le temps de recevoir la réponse. L'un des pompiers qui quadrillait le lac fit un signe et appela de l'aide : le corps sans vie de la petite Sarah venait d'être retrouvé au fond de l'eau ; celle-ci lui avait été fatale malgré la faible profondeur.

Elle fut ramenée sur le rivage, et je vis alors le papa, rejoint depuis peu par la maman, se recueillir à genoux devant la petite fille encore en maillot de bain. Un peu lâchement, j'observai la scène de loin et évitai le dialogue avec eux. Que dire sur le moment ? Ils n'avaient besoin d'aucune explication. Et à la douleur de perdre un enfant venait se rajouter la culpabilité de ne l'avoir pas surveillée, de ne pas lui avoir imposé de porter des brassards, de ne pas encore lui avoir appris à nager… Cette culpabilité risquait de se transformer en anxiété si les gendarmes en uniforme se montraient trop pressants. Inutile de les laisser penser que nous allions chercher leur responsabilité. Et puis, en toute franchise, ces bonnes excuses m'arrangeaient bien, car maintenir cette distance était aussi une façon de me protéger. Sans nécessité d'aller au contact, je m'évitais l'effort d'absorber un peu de leur immense peine, me contentant de leur présenter mes condoléances et de tenter une parole de réconfort. Il y a des situations où l'on doit faire plus et tenter de soulager les proches, d'autres où l'on peut le faire parce qu'on en ressent le courage, et certaines, enfin, où l'on est soulagé de laisser cette tâche aux professionnels de santé et de l'accompagnement des victimes…

C'est à ce moment précis que je rencontrai pour la première fois Denis, le responsable des faits divers à l'édition grenobloise du *Dauphiné libéré.* Il était arrivé rapidement, accompagné par un photographe. Depuis sa descente de voiture, celui-ci mitraillait à tout va avec son appareil, et avait tendance à en faire toujours plus, ce qui me parut indécent en pareil moment. J'échangeai quelques mots avec Denis, lui expliquai la situation. Il comprit immédiatement ma gêne et mon souhait que l'on respecte le deuil des parents. Prenant le photographe par l'épaule, il lui dit : « Arrête, il y a la famille. » Évidemment, aucune des photos montrant l'enfant et ses parents ne fut publiée, les camions rouges et les uniformes de gendarmerie étant largement suffisants pour illustrer l'article qui parut le lendemain.

La mission des pompiers était terminée. Il ne s'agissait plus d'un sauvetage aquatique, mais bien d'une enquête judiciaire pour recherche des causes de la mort. Comme à chaque fois, il fallait fermer la porte d'un acte malveillant. Nous avons donc attendu les techniciens d'identification criminelle pour procéder aux constatations, saisir un échantillon d'eau, et vérifier l'absence de traces de violences. L'autopsie fut effectuée quelques jours plus tard.

De retour chez moi tard dans la soirée, je ne pouvais m'empêcher de garder en tête cette image des parents agenouillés devant le corps de leur enfant. J'imaginais leur sentiment de culpabilité, et craignais les tensions entre le père et la mère, déjà séparés. Je pensais aussi à la surveillante de baignade, qui avait appris l'issue fatale *a posteriori*.

Face au choc de cette mort brutale et injuste, les habitants de cette petite ville de la vallée du Bréda se réunirent pour une marche blanche, façon d'apaiser les cœurs meurtris. Quant à moi, sollicité dans les jours suivants par les médias locaux, j'essayai, sans me montrer moralisateur, de passer un maximum de messages de prévention à destination des familles, tant sur la surveillance des enfants et le port des bouées même sur la plage, que sur l'importance de leur apprendre à nager le plus tôt possible. En somme, de prévenir de futurs drames pour éviter d'autres familles meurtries.

Je suis revenu quelques années plus tard au bord de ce lac, cette fois-ci avec mes enfants. Après l'accident, la mairie avait fermé la baignade surveillée, laissant aux adultes la responsabilité de surveiller leurs enfants. En emmenant nager mon aîné, je repensais à Sarah et à la douleur de ses parents. J'ai d'ailleurs fait en sorte que mes enfants apprennent à nager dès leur plus jeune âge.

Cette intervention m'a marqué, mais son souvenir ne fut pas le plus difficile à gérer. Ma position m'avait en effet fait prendre de la distance par rapport au drame, à l'inverse du pompier qui avait pris la petite fille dans ses bras pour la sortir de l'eau. Et consciemment ou non, j'avais vraisemblablement renforcé cette distance pour me protéger. Je n'eus ainsi, je l'ai dit, pas de véritable échange avec les parents, mis à part quelques mots de compassion et d'explications sur les recherches que nous avions menées et la suite de la procédure. Sans doute, du reste, n'avaient-ils pas réellement intégré ces informations, tant ils semblaient sous le choc de la mort de leur fille.

En revanche, j'ai croisé depuis d'autres gendarmes qui ont gardé des marques indélébiles de leur confrontation au décès d'un enfant. Un certain nombre d'entre eux ont fait le choix, et surtout ressenti le besoin, de partager ce qu'ils avaient vécu. On peut lire certains de ces récits sur les réseaux sociaux. Avec son accord, je fais ici référence à celui qu'en a fait « Matricule Bleu », pseudonyme d'un jeune officier, quelques années après l'une de ces interventions qui marque à vie. Elle lui a laissé un terrible souvenir, auquel il repense tous les ans à sa date anniversaire, et chaque fois qu'il croise un jeune lieutenant stagiaire. Cela s'était déroulé alors qu'il était lui-même officier en stage, ce qui l'avait amené à se retrouver en première ligne sans préavis. Concours de circonstances, son statut de « plus ancien dans le grade le plus élevé » l'avait mis en responsabilité avant l'heure.

Comme tous les officiers en stage brigade, Matricule Bleu avait quelques semaines pour apprendre un maximum de compétences du métier, tant auprès du commandant d'unité sur la gestion du service qu'auprès des gendarmes sur le terrain. Ce jour-là, il était donc intégré au service comme n'importe quel militaire de l'unité, et commandé en patrouille l'après-midi avec une jeune gendarme récemment sortie de l'école. Alors que la patrouille était plutôt calme, un appel radio les engagea en urgence pour se rendre à proximité d'un supermarché où les secours intervenaient. Un petit garçon de trois ans et demi était signalé en arrêt cardio-respiratoire. Alors que les pompiers essayaient de le ranimer, un hélicoptère médicalisé par le SAMU devait se poser. Il fallait donc sécuriser les lieux et ménager un espace suffisant pour permettre au pilote de faire atterrir sa machine.

Le gradé de permanence étant engagé sur une autre intervention, et le commandant d'unité en réunion hors de la circonscription, notre jeune camarade se retrouva responsable d'une intervention déjà compliquée. À son arrivée sur place, il n'eut pas le temps de s'occuper des parents de l'enfant, effondrés devant le massage cardiaque réalisé par les pompiers. Avec sa binôme totalement dépassée par la situation, et n'ayant pas lui-même plus d'expérience que cette jeune sous-officier, il dut procéder par étapes en priorisant les choses intuitivement : écarter les voyeurs qui se rassemblaient alors que l'hélicoptère tournait déjà au-dessus d'eux, faire prendre en compte les parents en larmes par la jeune gendarme, puis enfiler sa chasuble fluo pour se rendre visible de l'hélicoptère et le guider sur un stade à proximité. Les réflexes de sa formation initiale à Saint-Cyr Coëtquidan revinrent et il accompagna l'atterrissage au moyen des gestes réglementaires.

À son retour auprès de la famille, les parents étaient de plus en plus désespérés. Le massage cardiaque durait depuis trente minutes et les pompiers commençaient à ne plus y croire. Ils exprimaient eux aussi déjà de la douleur, l'un d'entre eux ayant un enfant du même âge qui côtoyait la victime. Quinze minutes plus tard, le médecin ayant constaté le décès, les tentatives de réanimation furent stoppées. Certains pompiers tombèrent en larmes à leur tour. Le secours était terminé, l'enquête pour découverte des causes de la mort démarrait, sous la direction de l'adjudant arrivé de sa précédente intervention – n'étant que stagiaire, le lieutenant n'était pas encore officier de police judiciaire et ne pouvait pas réaliser d'actes d'enquête.

Les parents avaient été emmenés un peu plus loin pendant la tentative de réanimation, si bien qu'il fallait désormais les informer du décès de leur petit garçon. Les gendarmes accompagnèrent le médecin auprès des parents, qui en tombèrent à terre. Matricule Bleu écrira qu'il se souviendrait toute sa vie de leurs cris.

Les techniciens en identification criminelle arrivèrent et devaient alors placer le corps sous scellé en vue d'une future autopsie. Le père, lui, voulait voir son enfant. Personne n'osa l'en empêcher, il se jeta sur le corps de son enfant et l'embrassa en lui parlant comme s'il était encore en vie. Les témoins furent gênés, tournant la tête, peut-être par pudeur, peut-être aussi pour se protéger de l'émotion de cette scène.

L'exercice de l'annonce dut être joué une seconde fois : alors que le lieutenant se rendait avec sa coéquipière au domicile des parents pour figer les lieux avant d'éventuelles constatations, il découvrit que la grand-mère habitait sur place et n'était pas encore au courant. Elle s'inquiétait et commença à pleurer en voyant deux gendarmes débarquer sans préavis. Pris de compassion pour cette dame âgée qui lui rappelait sa propre grand-mère, il décida de l'emmener retrouver les parents, laissant la jeune gendarme surveiller seule le domicile. Ce fut donc son fils qui annonça le décès à la grand-mère : elle cria à son tour et se jeta sur le corps de l'enfant comme l'avait fait le père quelques minutes auparavant.

De retour au domicile avec les enquêteurs, notre camarade comprit rapidement que l'enfant décédé avait une place centrale au sein de cette famille. La maison et sa décoration étaient tel un musée consacré à ce fils. Cet enfant unique n'aurait jamais eu de frère ou de sœur, son père était gravement malade et le couple ne pouvait avoir d'autre enfant. La malchance semblait s'acharner sur ce foyer, et ce drame semblait tellement injuste.

Une troisième annonce fut nécessaire : on apprit que l'enfant avait fait une chute alors qu'il était gardé. La directrice de l'établissement, lorsqu'elle vit arriver les gendarmes, commença par les prendre de haut, puis fit un malaise lorsqu'elle apprit la mort de l'enfant. Au drame du décès s'ajoutait peut-être la crainte d'en être responsable, qui par un raccourci rapide peut laisser croire qu'on va se retrouver en prison… Ce ne fut pas le cas, car le médecin légiste découvrit que la mort avait été causée par une maladie, laquelle n'était pas détectable extérieurement.

De retour à la brigade, les gendarmes débriefèrent l'intervention autour d'une simple bière. Notre jeune camarade, une fois seul dans sa chambre de stagiaire, sentit l'émotion le gagner et eut besoin de raconter à sa mère ce qu'il venait de vivre…

Le lendemain, ils retournèrent voir les parents, puis les pompiers, qui avaient été pris en charge par une équipe de psychologues.

En commentant cette histoire des années plus tard, cet officier se souviendrait avec humilité de la manière dont il s'était senti totalement désarmé. Sortant tout juste de sa formation initiale d'officier de l'armée de terre – trois ans à Saint-Cyr Coëtquidan – il avait « appris l'infanterie, pas à gérer une grand-mère qui veut voir son petit-fils qui vient de mourir ». Matricule Bleu se remémorerait avoir dû prendre des décisions en quelques secondes, comme souvent lorsqu'on est en situation de responsabilité – ce qui nous expose à la critique, et parfois même à l'autocritique. En l'occurrence, avec du recul, il jugerait irrationnelle sa décision d'emmener la grand-mère voir l'enfant, mais l'humanité l'avait emporté : qui aurait pu le lui reprocher ? Et cet officier de conclure sur l'importance du soutien psychologique, rappelant que tout le monde peut être touché un jour ou l'autre, et qu'il ne devrait y avoir aucune honte à en ressentir le besoin.

Effectivement, et heureusement, un débriefing informel avait eu lieu. Comment les militaires auraient-ils pu se quitter sans un sas minimal de décompression ? Mais cette intervention extrême fait partie des cas où partager un verre n'est pas vraiment suffisant pour évacuer et exprimer ce qui a besoin de l'être. Du reste, et de façon plus subtile, ce sas pourra suffire à certains mais pas à d'autres, parce qu'ils pensent être suffisamment forts, ou parce qu'ils n'osent pas se confier, par pudeur ou en raison d'un caractère introverti. Dans le cas d'un jeune officier, un chef, la posture est encore plus difficile à trouver, car ce n'est généralement pas face à des subordonnés que l'on peut exprimer ses émotions, et surtout pas en groupe. Dans le cas présent, c'est en racontant l'événement à sa mère que notre camarade a enfin pu faire sortir ses larmes.

La question du soutien psychologique est clairement posée. Depuis mes débuts dans la gendarmerie, les choses ont bien évolué. Lorsque, jeune lieutenant, je sollicitai un soutien psychologique pour mes gendarmes en 2007, nous en étions alors aux balbutiements. Le débriefing n'en était pas moins très complet, avec des temps en groupe – toujours bienvenus car tous les militaires de l'unité, qu'ils aient ou non été présents sur la scène, pouvaient en avoir besoin – et des temps d'entretiens individuels, proposés à chacun. En revanche, ce débriefing se faisait uniquement à froid. Cela peut se comprendre techniquement, mais tranche avec le temps médiatique qui veut qu'un soutien psychologique soit mis en place dans les 24 heures après qu'un groupe a été confronté directement ou indirectement à la mort « alors que ce n'est pas son métier ». Toute la difficulté repose sur le fait que si le métier des armes nous prépare bel et bien à une telle confrontation, cette préparation ne fait pas pour autant de nous des professionnels de la chose.

Or, en 2007, le dispositif de soutien en était à ses premières pierres : nous n'avions qu'une seule équipe de psychologues « d'intervention » pour toute la gendarmerie, qui se projetait, depuis Paris, partout en métropole et outre-mer. Les choses ont bien évolué depuis. Chaque région dispose désormais d'un réseau de psychologues cliniciens à temps plein, permettant une prise en charge anonyme et locale de toute situation, qu'elle soit liée à une intervention marquante ou pas. Le « DAPSY » (Dispositif d'assistance psychologique) n'a fait que grossir depuis quinze ans. De la seule équipe nationale existante lorsque j'étais lieutenant, nous sommes passés à un puis deux psychologues pour la seule région Rhône-Alpes lorsque j'y étais commandant de compagnie.

Au total, ceux-ci sont aujourd'hui une quarantaine dans toute la France, et devraient être deux fois plus nombreux d'ici quelques années. Enfin, depuis peu, la gendarmerie propose aussi pour ses personnels un numéro vert dédié 24h/24 au soutien psychologique.

Le récit de notre jeune camarade repose également la question, déjà abordée, de la préparation à la confrontation émotionnelle. Il est évident depuis longtemps que les gendarmes doivent être sélectionnés et formés avec une capacité d'endurance. Tests de sport au concours, entraînement technique au corps à corps, la formation initiale comporte évidemment une préparation physique au métier de gendarme. Mais elle intègre aussi une préparation psychologique. Les candidats au recrutement subissent, en effet, tous un entretien avec un spécialiste, permettant d'écarter les profils psychologiques les moins stables. Ceci pour éviter qu'un de nos militaires ne supporte pas les situations de danger ou d'agression : il ne doit pas perdre sa capacité d'action dans ces circonstances, sous peine de se mettre en danger, lui et ses camarades. Il s'agit d'éviter également qu'il ne monte en tension et réagisse par la violence, ou une non-maîtrise de la force qu'il déploie face à ses adversaires.

Se préparer ainsi à subir des coups et des insultes en restant le plus impassible possible n'est pas naturel, mais fait donc partie de la formation indispensable, en école et tout au long de la carrière, dans le but de permettre à nos gendarmes de respecter leur serment de ne faire usage de la force que dans le respect de nos très exigeantes règles déontologiques. Il serait certainement nécessaire de nous préparer de la même manière à la gestion émotionnelle des situations de souffrance humaine, sauf qu'il est évidemment plus facile de s'exercer au maintien de l'ordre avec un « plastron » qui insulte les gendarmes et leur lance des pavés en caoutchouc, que de simuler le décès d'un enfant et les pleurs des parents… Pour autant, des efforts pédagogiques importants ont été réalisés pour prévenir le suicide dans nos rangs, en nous préparant à détecter et soutenir un camarade en situation difficile. Il est possible d'utiliser les mêmes méthodes, en travaillant des scénarios à partir de films et de mises en situation, afin de se préparer émotionnellement aux événements auxquels nous serons forcément confrontés. Il s'agit ici de s'interroger sur des scènes faisant toucher du doigt les différents risques émotionnels que la confrontation à la mort pourra engendrer : souffrance des proches et difficulté à trouver sa place, événement ramenant à sa propre personne ou sa famille, etc. Il faut aussi, et surtout, dédramatiser la nécessité de débriefer, collectivement comme individuellement, afin de faire de cet exercice une habitude dépassant les réflexes de pudeur qui conduisent trop souvent à taire ses émotions… Alors que cela semblait presque incongru il y a peu, dans une institution où l'on travaille l'aguerrissement et où beaucoup cultivent une image de virilité, exprimer ses émotions ou inviter à le faire peut et doit s'apprendre. Toujours mieux.

7

Lui ou nous

« Confrontation à la mort brutale et collective. » Voici ce que j'avais retenu de mon cours sur le cadre de l'intervention des psychologues d'urgence en gendarmerie. Je ne savais pas encore que, deux ans plus tard, je ferais appel à leurs services pour une situation dramatique qui aurait pu finir encore beaucoup plus mal. J'étais encore commandant de brigade, et en cette fin de journée d'automne, les locaux de la caserne étaient presque vides lorsque je rentrai d'une réunion. Après avoir déposé mon arme au râtelier, je me plongeai dans les comptes rendus de la journée, tandis que Matthieu, le gendarme chargé d'accueil du jour, rangeait ses procédures et nettoyait le hall. Dans le bureau voisin, Lionel, un jeune gradé féru de police judiciaire, mettait en forme la procédure en vue d'une probable présentation du gardé à vue dont il avait la responsabilité – ce dernier s'apprêtant à passer la nuit dans l'une de nos deux chambres de sûreté.

Le calme des bureaux fut soudainement rompu par un cri de Matthieu, hurlant dans le couloir : « Du monde, vite ! Un homme armé va arriver à la brigade ! » Puis il sortit en courant. Pour ma part, sans mon Sig Sauer, je n'en menais pas large et je courus en direction de l'armoire forte pour me rééquiper. Je n'avais pas encore fini de charger mon pistolet que Matthieu accourait vers moi en criant : « Mon lieutenant, vite, les pompiers, le SAMU ! Il s'est mis une balle dans la tête ! »

Faisant primer le choix de l'efficacité sur le respect de la voie hiérarchique, j'appelai directement le centre opérationnel du groupement pour leur annoncer que j'avais un homme blessé par balle devant la caserne et leur demander d'envoyer les secours. Ce faisant, je savais que mon commandant de compagnie serait immédiatement prévenu, tout comme le commandant de groupement et son officier de permanence. Ainsi, je gagnai un coup de fil, et donc quelques minutes précieuses pour gérer l'événement. Je n'avais du reste rien de plus à raconter à mon commandant de compagnie, et j'aurais tout le temps de lui faire un compte rendu plus détaillé une fois que j'aurais compris de quoi il retournait.

Jean-Claude, mon adjoint, rappliqua parmi les premiers : il avait entendu le coup de feu et arriva en civil, s'armant du fusil à pompe avant de se changer pour aller faire le point dehors tandis que je finissais de lancer l'alerte. Enfin équipé, je fis avec lui un rapide point de situation : l'homme armé s'appelait Hubert, il était très probablement décédé. Nous le connaissions bien : il appartenait à l'importante communauté des gens du voyage sédentarisés dans la commune, et avait la réputation d'être quelqu'un de plutôt posé. Mes gendarmes discutaient régulièrement avec lui, comme on essayait de le faire avec tous nos interlocuteurs locaux, avec plus ou moins de facilité selon les personnes. En apparence, le scénario était simple : pris d'un coup de folie envers son ex-conjointe et leurs deux enfants, il avait tiré à plusieurs reprises dans leur direction avec un pistolet. La femme s'était enfuie avec les enfants dans son fourgon, nous appelant à l'aide par téléphone et venant se réfugier à la brigade, tandis que Hubert les poursuivait avec son camion. Arrivé à la brigade, il avait commencé par les menacer à nouveau, puis voyant face à lui mes hommes arme à la main, s'était tiré une balle dans la tête.

Avant même d'aller voir la scène, je fis un compte rendu plus détaillé à mon commandant de compagnie, en lui demandant, en plus des moyens d'enquête, des renforts « musclés ». Nous risquions en effet d'avoir à gérer une situation d'ordre public compliquée : quoi qu'on lui dise, la famille risquait de nous faire porter la responsabilité de la mort. Et la communauté pouvait très vite monter en tension et causer des violences dans la ville ou envers l'un des nôtres à la suite de l'annonce du décès, qui se fit très rapidement. Après avoir rappelé tous les gendarmes disponibles de l'unité, je les postai en protection de part et d'autre de la scène du drame afin de renvoyer circulation et badauds, et aussi à l'arrière de la caserne afin de parer à toute éventualité.

Au moment d'aller enfin apprécier la situation dehors, je n'avais pas encore pris de nouvelles de Matthieu, et encore moins de Lionel, dont j'ignorais qu'il avait été non seulement témoin de la scène mais aussi acteur. Les pompiers étaient arrivés très rapidement et le médecin du SAMU avait finalement réussi à stabiliser les constantes vitales d'Hubert. Aux rares témoins, nous avons demandé de ne pas s'éloigner et de se tenir à notre disposition. L'un d'eux n'avait eu qu'une vue tronquée de la scène : voyant le gendarme qui pointait son pistolet, mais pas Hubert caché par le fourgon, il était persuadé que nous étions à l'origine du tir qu'il avait entendu avant de voir l'homme à terre. Lionel, se concentrant sur des actes réflexes d'enquêteur, s'était muni d'un appareil photo et fixait la position du cadavre, tandis que l'une de nos jeunes gendarmes adjointes avait déjà été chargée par Jean-Claude d'empêcher quiconque de toucher à l'arme avant l'arrivée des techniciens en identification criminelle.

Je m'adressai à Lionel et lui demandai, comme à tous les autres, de se munir de sa casquette et de sa chasuble fluo en prévision de l'arrivée possible de médias ou d'autorités – le général commandant alors la région était très pointilleux sur ce genre de détails. Mais Lionel n'était pas un acteur comme les autres de l'opération de sécurisation que nous menions désormais. C'était en fait le protagoniste de la scène qui s'était jouée quelques minutes auparavant, et il n'avait pas encore évacué son stress. À peine avais-je prononcé le mot « casquette » qu'il explosa : « Vous savez ce que ça fait de se faire braquer, mon lieutenant ? » Surpris, je haussai le ton à mon tour, et lui demandai de me suivre à l'intérieur de la caserne afin de me rendre compte de l'intégralité des événements. Alors que nous venions de nous enfermer dans un bureau, où nous nous étions assis calmement, nous avons été rapidement rejoints par Jean-Claude qui craignait de devoir nous séparer, mais participa finalement à ce débriefing improvisé à chaud. Sa crainte n'était pas infondée, car nous venions de subir un stress collectif, et Lionel comme moi étions très tendus. Lui par la scène qu'il venait de vivre, moi par l'adrénaline de l'alerte puis la complexité et l'urgence de la situation que je devais gérer. Une situation qui combinait à la fois une enquête judiciaire, un risque de troubles à l'ordre public nécessitant de protéger la caserne, des comptes rendus à effectuer dans tous les sens, sans oublier les autorités et les médias qui risquaient de rappliquer.

La tension est heureusement redescendue d'elle-même une fois assis au calme. Je compris alors qu'après avoir entendu « du monde, vite ! », Lionel s'était porté en première ligne, avec Matthieu en appui. Voyant Hubert descendre de son camion son arme à la main, puis s'avancer en furie vers la femme et les deux enfants, il avait braqué l'homme en lui criant de jeter son arme. C'est alors que celui-ci s'était tourné vers mon gendarme, le braquant à son tour. Face à cette menace, Lionel avait chambré son pistolet en répétant son injonction. Puis, après une seconde de face-à-face et une ultime hésitation dans ce duel, Hubert avait retourné l'arme contre lui.

Nous sommes retournés ensemble à l'extérieur pour faire le point avec le médecin. Le pistolet 22 Long Rifle utilisé n'était pas suffisamment puissant pour le tuer sur le coup, mais son pronostic vital était engagé : la balle était coincée dans le crâne et il allait être évacué vers le déchocage. Je retrouvai Yves, le patron du PSIG[1], venu en urgence avec deux équipes nous

1. Peloton de surveillance et d'intervention de la gendarmerie. Unité située au chef-lieu de la compagnie, qui appuie les brigades dans leur action de surveillance du territoire et aussi pour toutes les interventions « musclées ».

prêter main-forte. Je lui demandai que l'une d'elles escorte les pompiers jusqu'à l'hôpital, afin d'éviter tout incident avec la famille. Le bruit de la mort de Hubert s'étant déjà répandu au sein de la communauté, celle-ci arriva justement sur place quelques minutes seulement après le départ des pompiers. Face à leur véhémence, nous avons pu leur annoncer son départ aux urgences – où, sa famille l'ayant rejoint, il devait décéder quelques heures plus tard.

Après avoir été rapidement rejoints par Jean-Pierre, le commandant de compagnie, nous avons aussi été renforcés par une équipe de la brigade des recherches : à la suite d'Yves, c'était un second copain, Yannick, le commandant de la « BR », que j'accueillais ainsi avec plaisir pour diriger les deux enquêtes judiciaires. Oui, deux enquêtes, car à la recherche des causes de la mort de Hubert s'ajoutait sa précédente tentative d'homicide sur son ex-femme et ses deux enfants. Avec son équipe et les enquêteurs que je mis à sa disposition, Yannick devrait réaliser plusieurs actes techniques – dont des prélèvements sur les mains de Lionel afin de vérifier l'absence de trace de poudre. Au programme aussi, de nombreuses auditions : la femme et les enfants, mais également les témoins, dont la vision tronquée pouvait donner lieu à nombre d'interprétations contradictoires.

Cette soirée fut l'une des plus longues des trois années que j'ai passées à la tête de la brigade, tant les missions à répartir entre mes gendarmes étaient nombreuses. Jean-Claude et moi devions en outre effectuer toute une série de comptes rendus écrits. Alors que le travail et les bureaux étaient enfin répartis, je pus aller voir Matthieu, dont l'audition démarrait, et le débriefer rapidement. Il semblait vivre les choses assez sereinement et je ne m'inquiétai pas outre mesure. À tort.

Heureusement, l'un de mes adjudants, Thierry, vint me prévenir discrètement peu après. À la fois expérimenté et très humain, il en avait vu d'autres et sentait bien le risque : à froid, une fois passé le temps de l'action et de l'enquête, Matthieu comme Lionel courraient le risque d'un sacré contrecoup psychologique, et Thierry me suggéra donc de faire appel à un soutien adapté. Nous étions en 2007, et le dispositif de soutien psychologique de la gendarmerie n'en était, comme je l'ai dit, qu'à ses débuts. Je décidai toutefois de suivre son conseil et de solliciter via mon compte rendu d'événement la cellule nationale dédiée à ce genre de situations. Le message fut visiblement bien passé car, dès le lendemain matin, je reçus un courriel de soutien d'un ami en poste à la direction générale, avant, quelques jours plus tard, qu'une psychologue ne se déplace pour un débriefing collectif de l'ensemble de l'unité, proposant également des échanges individuels à tous ceux qui le souhaitaient. Outre les principaux intéressés, j'eus la surprise de voir un entretien sollicité par l'un de mes « vieux gendarmes », proche de la retraite, qui n'était de surcroît pas présent le soir de l'événement. Alors que mon adjoint n'avait pas supporté l'idée de ce qu'il appelait une « thérapie de groupe », il avait saisi cette occasion pour « débriefer » toute sa carrière de gendarme.

Il faut dire qu'il avait traîné ses rangers un peu partout, jusqu'en Guyane, et n'hésitait pas à raconter crûment certaines des trop nombreuses fois où il avait été « ramasser de la viande morte ». Je me souviens de sa fierté en m'exhibant une planche photo conservée d'une ancienne unité, contre toutes les règles, pour me montrer l'extrême sensibilité des procédures qu'un simple gendarme, même pas OPJ, était capable de réaliser à sa génération. La planche photo était particulièrement dure : il s'agissait de l'enquête entourant la mort d'un légionnaire qui s'était vraisemblablement suicidé au pas de tir, en se penchant par-dessus le canon de son FAMAS. Le pauvre garçon avait eu la tête déchiquetée par le coup de feu. Photographier et décrire ce genre de scènes dans un procès-verbal de constatations ne pouvait effectivement laisser personne indifférent… Finalement, j'étais heureux pour mon gars que, au bout d'une trentaine d'années, on lui offre cette possibilité de vider tous ses souvenirs, lui qui appartenait à une génération à laquelle le soutien psychologique n'avait pas encore été proposé.

Pour l'heure, et sans attendre de savoir si ce soutien allait intervenir, j'avais tout de suite envoyé Matthieu et Lionel rencontrer le médecin de garnison. Lionel ne fut arrêté que quelques jours, et sortit assez vite valorisé de la situation : en tant qu'acteur principal, il avait contribué à empêcher un assassinat, et fut décoré à la hauteur de son action. Bien qu'il ait, lui aussi, contribué à sauver plusieurs vies, la situation fut plus difficile à vivre pour Matthieu, qui avait été en appui, mais n'avait pas eu un rôle aussi prépondérant sur la scène, tout en étant spectateur du drame. La psychologue m'expliqua qu'il était assez fréquent que le moins actif d'une scène soit le plus touché. Dans son cas, c'était flagrant, et cela se combinait avec un passé opérationnel émotionnellement intense. Au début de sa carrière, à une époque où les sas de décompression n'existaient pas encore, il avait ainsi subi des tirs lors d'un déplacement en Algérie où son escadron sécurisait l'ambassade de France. Ce jour-là, tout le monde s'était trouvé indemne grâce à un repli suffisamment efficace au regard de la précision de l'agresseur. Malheureusement, le nouvel événement auquel il venait d'être confronté avait fait ressurgir le souvenir des balles claquant autour de lui, et ce gendarme aussi discret que fiable perdit temporairement toute confiance en lui. Il fut arrêté quelque temps et bénéficia d'une prise en charge adaptée, qui se révéla si efficace que lorsqu'il reprit le service, je retrouvai un militaire vigoureux avec encore plus de *punch* que celui que je connaissais auparavant !

Matthieu fut du reste également décoré, même si la compagnie n'avait pas pu motiver pour lui une citation du même échelon que celle de Lionel. Le commandant de région tint à les décorer ensemble lui-même et rapidement. Je les accompagnai tous les deux et conserve depuis un souvenir très fort de cette prise d'armes.

C'était un 16 février. La date n'était pas anodine. Chaque 16 février, la gendarmerie honore en effet ses héros et ses morts en service. Dans toutes les forces et tous les groupements, les honneurs sont rendus à nos camarades tombés au cours de l'année précédente. La liste est à chaque fois trop longue : aux victimes de cinglés armés d'un volant ou d'un calibre, s'ajoutent ceux qui exposent leur vie en montagne, sous la mer, dans les airs ou au guidon d'une moto, mais aussi les brigadiers ou gendarmes mobiles de tous horizons. Même si l'absence de spécialité « visuelle » fait qu'on les remarque moins sur les posters de recrutement, ces gendarmes sont les plus nombreux. Ce sont eux qui croisent en premier le fou qui allongera la liste du 16 février, et qui risquent chaque jour d'être accidentés en partant sur une intervention, fauchés sur la route en mission de sécurisation ou de contrôle des flux…

Ces noms qui résonnent annuellement dans le froid de l'hiver sur nos places d'arme rappellent la mémoire de leurs prédécesseurs. Ils appellent chaque instructeur et chaque chef à protéger autant que possible les femmes et les hommes qui leur sont confiés. Ils rappellent à tous que le danger fait partie de l'engagement et de l'état militaire. Surtout, célébrer ensemble nos défunts permet de donner un sens collectif à la mort d'un frère d'armes, qui serait inacceptable individuellement. Cette mémoire soutient les familles, les proches camarades. Et lorsqu'on décore un héros du quotidien pour des actions méritantes comme celles de Lionel et Matthieu, c'est aussi, pour ceux qui en ont besoin, une façon de les aider à prendre l'ascendant sur ce qu'ils ont vécu. En affirmant leur posture héroïque, l'institution les aide à se convaincre qu'ils ont agi conformément à leur devoir. Une sorte de *catharsis*.

8

L'AVC

Il est des missions pour lesquelles les candidats ne se disputent pas. Annoncer un décès en fait partie. On n'a pas envie de s'y rendre seul. En théorie, cela fait partie des nombreuses casquettes du maire et de ses adjoints, que l'on retrouve souvent la nuit à nos côtés lors des drames, des recherches de personnes, des accidents mortels. Dans les petites villes et les villages, les élus connaissent généralement les familles concernées. Comme ils connaissent vite chaque gendarme de la brigade, à force. Difficile donc, lorsqu'ils nous le demandent, de ne pas les accompagner pour accomplir cette démarche si sensible, surtout de nuit. Et si l'on nous appelle de loin pour ce genre d'annonce, que l'élu se déplace ou non, nous répondons toujours présents.

Il arrive parfois qu'un décès brutal survienne à l'autre bout de la France ou du département, notamment après un accident de la route. Les policiers ou gendarmes du lieu passent alors par la gendarmerie locale pour faire avertir un proche : parent, époux ou enfant. Il n'est pas toujours facile de les identifier. On se réfère généralement aux adresses de la carte grise, voire du permis de conduire qui amène parfois au domicile parental quitté il y a quinze ou vingt ans…

Dans ces moments-là, se rappellent à nous les quelques souvenirs du cours dédié au sujet, qui remonte à l'école de gendarmerie, deux, cinq, dix, ou trente ans avant. Règle principale : ne pas annoncer un décès surprise par téléphone. On se met donc si nécessaire en tenue – statistiquement, les accidents mortels ont souvent lieu hors des horaires de bureau –, on appelle l'élu pour se donner rendez-vous, puis on sonne. Il faut faire preuve de délicatesse. Vérifier que l'on est chez les bonnes personnes, demander si elles connaissent l'intéressé. En général, les choses s'accélèrent à ce moment-là, car recevoir les gendarmes en pleine nuit chez soi n'est pas anodin. Face à nous, les regards s'inquiètent rapidement. Certains devinent. Les mamans surtout, si anxieuses qu'il soit arrivé quelque chose à leur enfant. Certains se trompent, se demandent s'il a fait quelque chose de mal. Vient alors le moment le plus difficile : expliquer que le conjoint ou le parent, ou – pire – l'enfant, vient d'avoir un accident de voiture, à tel endroit. Et que malgré les efforts des pompiers et du SAMU, celui-ci est décédé…

Je me souviens de ce matin où nous avions été appelés par les pompiers : arrêt cardio-respiratoire sur la voie publique. J'étais toujours commandant de brigade, et assurais régulièrement la fonction de gradé de permanence. Ce diagnostic d'arrêt cardio-respiratoire, au bout de quelques mois de brigade, on sait malheureusement ce qu'il signifie : un quasi-synonyme de découverte de cadavre…

Les premiers à marcher arrivèrent dans le centre de Parempuyre, une commune située à quelques minutes de voiture de la brigade. Sur place, le médecin du SAMU n'y croyait déjà plus, et les pompiers s'apprêtaient à arrêter le massage cardiaque. Il s'agissait d'un homme seul, âgé de cinquante ou soixante ans, qui avait fait un malaise alors qu'il marchait sur le trottoir.

À mon arrivée, le massage était effectivement terminé, et les secouristes étaient en train de placer le fameux drap blanc sur le corps de ce père de famille, tandis que le médecin m'expliquait rapidement ses conclusions. Se posait la question de son identité et de l'avis à la famille. Mais dans cette petite ville de 8 000 habitants en grande banlieue de Bordeaux, les nouvelles allaient vite, et l'homme était décédé à seulement quelques centaines de mètres de chez lui.

J'étais encore en train d'échanger avec le médecin lorsque je vis arriver une femme silencieuse, manifestement son épouse. Celle-ci était accompagnée d'une jeune femme d'environ 25 ans qui se mit à nous questionner vivement : « Qu'est-ce qui se passe? Pourquoi papa est par terre sous un drap blanc? Dites-moi, je veux savoir! » Les présentations étaient faites, elle avait en elle-même déjà compris, et nous n'avions plus qu'à lui confirmer son intuition. Au moment où nous nous sommes regardés avec le médecin et les autres gendarmes, je me souviens nettement de nos quelques secondes d'hésitation, chacun se demandant intérieurement qui allait le lui dire. Mais, jeune lieutenant, et surtout seul officier présent sur place, c'est naturellement à moi quc cela revenait.

Prenant mon courage à deux mains, et puisant surtout dans toutes mes ressources de délicatesse, je me lançai :

– Votre père a fait un malaise. Ce n'est pas la première fois je crois, il a déjà fait un AVC il me semble.

– Oui…

– Les pompiers sont venus très vite, le médecin du SAMU aussi. Ils ont essayé de le ranimer et lui ont fait un massage cardiaque… Malheureusement, malgré tous leurs efforts, il est décédé.

Impossible de décrire ici le cri de douleur qui retentit la seconde suivante. Si la fille, intellectuellement, avait déjà appréhendé le décès de son père, l'épouse était encore dans le déni jusqu'au moment où je prononçai le mot « décédé ». Ce cri restera gravé à jamais dans ma mémoire, un cri strident, hurlant sa peine… Heureusement, le médecin, qui ne s'était pas défaussé, prit en charge la dame, lui proposant de lui expliquer médicalement ce que je venais de dire, et lui offrant sans doute de lui administrer un calmant.

Pendant ce temps, sa fille, qui devait avoir à peu près mon âge, se mit à pleurer en me tombant dans les bras. Je tentai tant bien que mal de la consoler. Même si la situation était inconfortable, je ne pouvais faire autre chose vis-à-vis de cette inconnue qui avait besoin de réconfort. Je lui tendis probablement un mouchoir en papier, comme je le faisais dans mon bureau lorsqu'une victime ou un militaire laissait éclater ses larmes en me confiant des choses difficiles. Proposer délicatement un mouchoir en silence est une façon de montrer que l'on comprend sa douleur; et dans le cas présent cela l'aiderait à reprendre son souffle et ses esprits en se relevant de mon épaule.

Lorsque sa petite sœur arriva quelques minutes plus tard, ce fut la jeune fille qui lui expliqua. Sa réaction fut encore différente : alors que sa grande sœur lui répétait ce qui s'était passé dans des phrases entrecoupées de sanglots, elle avait déjà visiblement tout intégré et nous dit simplement : « Je n'arrive même pas à pleurer. »

Un adjudant qui m'accompagnait et jouait à l'insensible trouva malin de commenter : « Ne vous inquiétez pas, ça viendra. » Ancien technicien en identification criminelle, il avait vu des cadavres par dizaines, et se croyait sans doute autorisé à prendre les gens de haut en de telles circonstances. Son comportement acheva de me convaincre, si cela avait été nécessaire, qu'il était temps pour lui de prendre sa retraite… Mais les deux sœurs étaient heureusement trop occupées à se consoler l'une l'autre et à consoler leur mère. Notre présence leur était désormais indifférente. Notre mission était terminée.

Pour le gendarme, une telle intervention n'est ni sensible, ni compliquée. En l'absence d'obstacle médico-légal, le parquet ne nous réclama aucune enquête. Nous avons rédigé un simple procès-verbal de renseignement judiciaire afin de garder une trace de ce qui s'était passé. La mort de ce monsieur avait été soudaine, mais pas violente. Je n'avais pas croisé son regard. Pourtant, la douleur de ses proches, et surtout le cri de son épouse, m'ont marqué bien plus que tous les corps abîmés que j'ai rencontrés en sept années de gendarmerie départementale.

De ce souvenir, mais aussi d'autres expériences relatées dans ces pages ou enfouies dans ma mémoire, je tire une conclusion personnelle, qui mériterait sans doute d'être confrontée à une étude scientifique. Je suis intimement convaincu que notre résistance émotionnelle est plus vulnérable lorsque la situation nous interpelle personnellement, en nous interrogeant sur notre propre situation. Cela passe souvent par la perception des émotions d'autrui qui amènent à les ressentir soi-même, au moins par empathie. Parfois, c'est parce qu'un élément de la scène nous rappelle un proche ou évoque une similitude de notre vie personnelle. Mais le plus souvent, comme ici, c'est la détresse des familles à qui l'on annonce le décès, et leur souffrance personnelle, qui amènent notre propre douleur.

À l'inverse, comme raconté précédemment, je n'avais aucune raison de me sentir touché par le cadavre de la femme noyée dans le coffre de sa voiture[1]. Aucune raison de me projeter dans sa situation, d'autant que je n'avais aucun contact avec la famille et n'avais pas mis en place de démarche d'empathie. De fait, assister à l'autopsie de cette femme, dont on ne distinguait plus le visage, n'a pas généré d'émotion intérieure en moi, ni pendant ni après. Si j'ai dû me protéger durant l'autopsie, ce n'était pas tant de l'émotion que du risque physique : l'odeur était si incommodante, que je risquais, derrière mon masque chirurgical, de trop peu respirer au point de faire un malaise.

1. Cf. introduction.

Plus marquantes furent certaines découvertes de cadavres dont l'apparence était préservée. J'ai ainsi ressenti une véritable secousse intérieure la première fois où j'ai été confronté au regard d'une personne pendue. Impossible d'oublier – c'était près de dix ans avant l'écriture de ces lignes – les yeux grands ouverts de cette femme décédée dans les heures qui précédaient mon arrivée… C'est cette même situation de bourrasque émotionnelle que j'ai vécue lors du décès de Samuel[2]. Même s'il regardait vers le sol, sa tête posée sur le côté me rappelait inévitablement la personne encore vivante quelques minutes auparavant. Ce visage si jeune et si intact soulignait d'autant plus l'injustice de la situation, et ne pouvait que déclencher cette réaction personnelle dans un contexte où chacun pouvait se sentir concerné. Les nombreuses voix qui s'élevèrent pour dénoncer cet accident injuste – la balle perdue d'un chasseur imprudent – ressentaient sans doute comme moi le sentiment que cela aurait pu arriver à n'importe quel pratiquant de la montagne, car ils étaient très nombreux dans la région.

En l'occurrence Samuel, comme cette jeune femme pendue aux yeux grands ouverts, ou l'épouse hurlant sa douleur à la mort de son mari victime d'un AVC, étaient tous un miroir tourné vers une part de nous-mêmes. Et le demeurent encore aujourd'hui.

2. Cf. chapitre 4.

9

La voie ferrée

Dans cette même ville de Parempuyre[1], à quelques mois d'écart, nous avions été appelés pour un suicide sous un train. Ce genre d'opérations, que je devrais malheureusement renouveler un certain nombre de fois, est particulièrement complexe. Toute intervention sur une emprise ferroviaire présente un certain danger, même si, dans le cas présent, le risque était circonscrit : à cet endroit, la voie de TER était en effet unique, et le train stationné à une centaine de mètres du lieu du choc interdisait tout passage à un autre convoi. En revanche, il nous fallait réaliser des constatations sur le train et les voies, tenter de retrouver tous les morceaux du corps de la victime, jusqu'à ce que les pompes funèbres les aient regroupés dans un sac mortuaire.

Ces opérations sont toujours longues, et les passagers restent souvent bloqués plusieurs heures dans le train, sans parler des perturbations qui s'ensuivent

1. Cf. chapitre 8.

sur les lignes. Ainsi, lorsque commandant de compagnie à Meylan j'étais appelé pour un « accident de personne » sur la voie reliant Lyon à Grenoble, j'avais une certaine pression sur les épaules. Le PC national de la SNCF, voyant le nombre de TGV immobilisés parfois jusqu'à Paris, réclamait un horaire de réouverture le plus rapidement possible. Il nous fallait alors équilibrer la pression entre la préfecture, qui recevait parfois des demandes pressantes de la SNCF pour rouvrir la circulation ou au moins fournir un horaire, l'autorité judiciaire qui nous demandait des constatations sérieuses, mais aussi les contraintes du terrain empêchant souvent le fourgon des pompes funèbres de nous rejoindre rapidement sur le lieu du drame.

En charge de la sécurité de toutes les personnes travaillant sur les voies, le cadre local de la SNCF devient en ces circonstances un interlocuteur et un allié privilégié pour nous permettre de travailler sereinement. Face à un corps déchiqueté, nous avons en effet le devoir de prendre le temps. Prendre le temps, d'abord, pour retrouver un maximum de morceaux – une tâche visuellement complexe, car à l'inverse de ce que l'on voit dans les films, il y a très peu de sang, mais de tous petits bouts de chair, parfois d'os ou de cheveux, qui sont étalés partout, sur les voies et sur le train... Prendre le temps, aussi, de s'assurer que le convoi, une fois remis en circulation, ne rentrera pas en gare avec des morceaux de chair encore visibles sur la locomotive ou certains wagons. Prendre le temps, enfin, de réconforter le conducteur du train, qui sait, depuis sa formation, que cet événement risque tôt ou tard de lui arriver. Surtout, éviter cette phrase malheureuse que je prononçai une fois, lors de l'un des quatre suicides ferroviaires que j'ai connu comme commandant de compagnie : « C'est votre premier ? » Ce à quoi le conducteur m'avait répondu du tac au tac : « Je préférerais que cela soit le dernier. » Prenant immédiatement conscience de ma bourde, je lui avais souhaité de tout cœur que cela soit le cas.

À Parempuyre, donc, nous étions à la fin du mois d'août. La victime était un jeune homme. Nous apprendrions un peu plus tard qu'il venait d'avoir son bac et allait démarrer des études d'ingénieur à la rentrée. C'est dans un moment de douleur amoureuse qu'il avait plongé sous les roues du train, surgissant au dernier moment afin que le conducteur ne puisse rien faire pour limiter la violence de l'impact. Le corps décapité et démembré était étalé sur plusieurs dizaines de mètres. Les mouches arrivaient déjà pour se nourrir et il fallut demander aux pompiers plusieurs draps blancs afin de protéger au moins le torse et la tête du défunt ; geste qui participe au respect que nous devons, quelles que soient les circonstances, aux corps des personnes décédées.

Le capitaine de permanence à la compagnie nous avait rejoints sur place et pris à son compte la direction des opérations. Avec l'élue locale, nous cherchions à identifier ce jeune homme, pour prévenir sa famille. La tâche n'était pas aisée, car il n'avait aucun papier d'identité sur lui, seulement un téléphone portable. Son exploitation aurait pu nous permettre de trouver le numéro de ses proches, mais il était bloqué par un code PIN et nous avions le besoin urgent d'un nom et d'une adresse afin d'annoncer le décès de visu, surtout pas par téléphone. Une réquisition adressée à l'opérateur nous aurait permis d'obtenir les informations à partir des numéros de série du téléphone et de la carte SIM, mais dans des délais inutilement longs.

Alors qu'Éric, l'un de mes enquêteurs, tenait le téléphone en main, celui-ci se mit à sonner. Sur l'écran était indiqué « Maman ». Nos regards se sont croisés et, sans que nous ayons eu besoin de nous parler, il prit une grande inspiration et décrocha. Entendant une voix qui n'était pas celle de son fils, l'interlocutrice paniqua. Visiblement, elle était en train de deviner. Sans dire qu'il était gendarme, Éric lui demanda où elle était. À moitié en larmes, elle lui donna son adresse : une maison située contre la voie ferrée, à proximité immédiate du lieu du drame. Elle avait donc dû apercevoir le train arrêté, ainsi que les pompiers et les gendarmes intervenir sur la voie. Elle ne pouvait ignorer qu'il s'était produit un accident de personne.

Nous avons couru jusque chez elle avec l'élue et la médecin venue constater le décès. Arrivés sur place, les mots furent inutiles. Elle avait tout compris, et nous attendait, assise en larmes dans son canapé. Son téléphone sonna, une proche l'appelait. Devant nous, elle lui expliqua qu'elle nous voyait depuis le début de l'après-midi sur les voies ferrées à cause d'un accident entre un train et une personne. Et cette personne, c'était son fils...

L'élue, qui était aussi une maman, et la médecin, l'entourèrent et la consolèrent avec une incroyable délicatesse. Nous autres militaires, nous sentions presque de trop, spectateurs obligés de cette détresse.

Quelques jours plus tard, j'eus l'occasion de reparler de cette intervention avec Philippe, le capitaine commandant en second de la compagnie. Issu du rang, il avait une longue carrière de gendarme départemental derrière lui et en avait vu d'autres. Pourtant, face à cette situation, il n'en menait pas plus large que moi. La mort de ce jeune homme l'avait profondément marqué lui aussi, non pas à cause des images de chair auxquelles nous nous habituons tous progressivement, mais en raison du contexte humain. L'incompréhension d'un acte suicidaire chez un adolescent devant qui la vie s'ouvrait amène des questions, dont celle, réflexe, de tenter de comprendre pourquoi ? Ou plutôt, comment peut-on aller aussi loin pour une déception amoureuse, quand on a vingt ans et la vie devant soi ? Mais s'interroger ainsi n'est pas sans risque, puisque cela suppose d'essayer de se placer dans la peau de celui qui vient de se donner la mort, et donc de s'exposer à des émotions plus intenses. Nous nous sentions également tout petits face à la douleur de cette maman qui avait assisté à l'accident, sans imaginer au départ qu'il puisse s'agir de son fils, puis qui devrait en plus se morfondre de n'avoir pas décelé sa souffrance intérieure, de n'avoir pu le réconforter et l'aider à évacuer ses idées de suicide… Plus de dix ans après, je pense encore à elle.

Qu'elle est délicate et peu désirable cette mission d'annoncer un décès ! Ce jour-là, avec l'élue locale et la médecin, nous sommes devenus en quelque sorte des messagers de la mort. Nous avions beau n'avoir aucune responsabilité dans le décès, nous en étions les transmetteurs. À chaque fois, notre arrivée, et surtout notre message, sont redoutés. Notre passage, dans ce genre de circonstances, laisse de terribles souvenirs. Même si certaines familles ont la gentillesse de nous remercier pour la délicatesse que nous tâchons d'avoir, elles sont généralement trop touchées pour avoir cette préoccupation. La plupart du temps, nous ne conservons le souvenir que de cris et de larmes. C'est donc le genre de mission pour laquelle, évidemment, les volontaires ne se bousculent pas spontanément : qui a envie d'être le déclencheur de la souffrance d'autrui ?

Et pourtant, nous devons tous nous préparer à cette tâche, sachant qu'elle nous reviendra tôt ou tard. Ce qui suppose d'apprendre à faire cela le plus humainement et le plus délicatement possible, mais sans travestir ni mentir… Il n'est pas évident de s'entraîner à ces annonces, la mise en situation réelle étant quasi-impossible. Mais surtout, comment apprendre à garder suffisamment de distance pour ne pas trop s'impliquer émotionnellement, et ne pas trop en souffrir soi-même ?

Il s'agit à nouveau d'une injonction presque paradoxale. Faire preuve de délicatesse demande de l'empathie, mais trop d'empathie nous rend infiniment plus vulnérables qu'une posture froide et blindée. Pour ma part, je suis convaincu que notre mission consiste à oser la délicatesse et l'empathie, et donc à se montrer réceptifs à cette souffrance, quitte à nous exposer. Cela suppose, j'insiste une nouvelle fois, d'apprendre à gérer ce risque émotionnel. Et de savoir évacuer la souffrance absorbée en ces occasions.

10

L'annonce à un ami

Lorsque ce ne sont pas les circonstances du décès et la réaction des proches qui laissent une trace, il arrive que l'annonce nous touche profondément pour une autre raison : la proximité des personnes concernées.

Nos unités de gendarmerie sont malheureusement le théâtre de nombreux épisodes où les situations personnelles se mélangent à l'action professionnelle. Exemple le plus criant : celui de la patrouille intervenant sur un accident grave, parfois mortel, dont l'une des victimes est un résident de la caserne, un camarade, une épouse, voire pire encore, un enfant. Comble de l'horreur, j'ai connu un militaire qui fut lui-même le premier sur place le jour de l'accident qui coûta la vie à son propre fils. Le choc qu'il a vécu est inimaginable. Toute sa carapace professionnelle, celle que l'on se forge années après années, se brisa lorsqu'il réalisa que le blessé grave de l'intervention était son propre enfant. Sous l'uniforme, ce n'est pas le gendarme qui s'était effondré, mais le père de famille.

Avec, à la suite, un évident retentissement psychologique pour son travail : comment repartir sur une intervention similaire sans faire rejaillir la douleur et le souvenir de son fils disparu ?

Ce militaire dut quitter la brigade territoriale. On réussit à lui trouver une place au sein d'un groupe de commandement, où il parvint petit à petit à se reconstruire. Il fut l'un des premiers gradés du groupement à être par la suite formé à la prévention des risques psycho-sociaux. Il n'était pas le seul, parmi les volontaires pour ce type de qualification, à avoir eu lui-même une expérience douloureuse et à vouloir, par son action de formateur relais, accompagner ses camarades et prévenir le « suraccident ».

Car chez nous, des mots comme « suraccident », « risque psycho-social », « acte auto-agressif » ou encore « autolyse » font toujours résonner le mot « suicide ». Facilité par la présence quotidienne de l'arme à feu, y compris au domicile et désormais même hors service, le suicide d'un gendarme est un drame pour sa famille comme pour son unité. Avec parfois, il y a quelques années, plus de trente victimes par an dans notre institution, ce phénomène est une réalité qui peut toucher un jour tout officier de gendarmerie, à l'image des conducteurs de train.

Lors de mon stage de commandant de compagnie, j'avais fait ce calcul morbide avec les chiffres de l'époque : à plus de 95 % de certitude, au moins l'un des trente stagiaires aurait à connaître un suicide durant son commandement. Tout l'enjeu, durant notre formation, était donc de nous munir d'un maximum d'outils pour mieux détecter les personnels à risque et surtout bien les accompagner, en les encourageant autant que possible à se faire aider.

Je connus plusieurs situations délicates où je me suis vraiment inquiété pour des militaires placés sous mes ordres. Dans un certain nombre de cas, ceux-ci acceptèrent l'aide proposée ; ce fut un travail mené en partenariat renforcé avec le médecin-chef, les psychologues cliniciens, parfois l'assistante sociale. Il nous est arrivé, après concertation, de faciliter la mutation rapide d'un militaire afin de lui permettre de prendre un nouveau départ, ce qui était d'autant plus facile qu'il ne montrait pas une exigence démesurée dans ses demandes géographiques ou fonctionnelles. Il m'est arrivé aussi de me sentir impuissant face à un militaire qui avait beaucoup souffert au cours de sa carrière.

Je repense ici particulièrement à un gradé, arrivé à un stade d'impossibilité au bonheur professionnel. Alors qu'il avait objectivement vécu des situations extrêmement dures dans ses affectations successives et n'avait pas forcément bénéficié de l'accompagnement adéquat, il refusait tout dialogue avec le psychologue ou le médecin. Lors d'un incident qui l'avait conduit à se blesser, je pris la décision de lui retirer momentanément son arme de service, car j'avais toutes les raisons de penser que sa blessure, survenue après un accès de colère, était auto-agressive. C'était le seul levier en ma possession, et je ne regrette pas de l'avoir employé pour lui et sa famille. Mais lui m'en a voulu et m'en veut probablement encore aujourd'hui, s'étant considéré comme mis à l'écart de son unité et victime d'un retrait de confiance du commandement.

Si j'ai eu la chance, jusqu'à présent, de ne pas être confronté à la mort en service de l'un de mes militaires, ou pire de son suicide, ce ne fut malheureusement pas le cas de mon successeur à la compagnie. Quelques années après mon départ, et à la suite d'une rupture de couple difficile, Anthony, l'un des enquêteurs de la brigade des recherches, se donnera en effet la mort dans son appartement de la caserne... Même à six cents kilomètres et quatre ans après mon départ, je ressentis le choc vécu par les résidents et toute la compagnie : dans les mois qui suivirent, ce drame est revenu dans chacun de mes échanges avec la compagnie, qu'il s'agisse d'anciens subordonnés ou de la nouvelle équipe.

Bien que les efforts menés par l'institution pour prévenir les suicides aient heureusement payé, réduisant largement le nombre de camarades commettant l'irréparable chaque année, cette réalité nous entoure donc toujours. Et si l'on peut se réjouir de constater qu'en dépit du port de l'arme de service le taux de suicide dans nos rangs ne détonne plus autant par rapport au reste de la population, ces actes désespérés et irrémédiables sont toujours trop nombreux – et toujours plus nombreux que les morts en service.

En s'appuyant sur notre cohésion militaire et sur la vie en caserne, nous pouvons et devons faire encore baisser ce chiffre. Dix suicides par an, c'est dix suicides de trop. Trop de drames et de souffrances pour chaque militaire décédé, chaque famille endeuillée, chaque caserne éplorée. Trop d'interrogations, aussi, sur le sens de ces actes qui nous échappent…

Nous ressentons en effet à l'égard de nos camarades suicidés la même révolte que pour les morts en service, même si le sacrifice, partie intégrante du statut militaire, permet de donner plus de sens à ces drames. Nous devons donc lutter avec le même acharnement contre ces deux fléaux. Bien que les outils pour lutter contre ceux-ci soient très différents, ils n'en sont pas moins étroitement liés :

la cohésion, la solidarité et le soutien psychologique pour l'un ; l'entraînement, la protection, la tactique, la préparation des opérations, à la fois individuels et collectifs, pour l'autre.

La mort en service n'est toutefois jamais une réalité très éloignée. Dès ma première affectation comme jeune lieutenant, j'ai eu la pénible tâche de commander un détachement sous les armes à l'occasion d'une cérémonie d'hommage pour le décès accidentel d'un gendarme. Il s'agissait d'un jeune volontaire d'une unité voisine qui s'était tué au volant un jour de brouillard, alors qu'il devait transporter des pièces à conviction dans le cadre d'une opération judiciaire. Une mort triste, à laquelle il était difficile de donner du sens, tant la mission qu'il effectuait semblait dérisoire à côté de ses conséquences. Je fus ému par l'hommage prononcé à cette occasion par son commandant de compagnie et pris plus profondément conscience que je pourrais avoir à effectuer cette difficile tâche dans ma carrière. Mais n'ayant jamais rencontré ce jeune homme de son vivant ni eu de lien particulier avec sa brigade, dépendante d'une autre compagnie, je ne me sentis finalement pas plus impliqué émotionnellement.

À l'inverse, une simple annonce de décès eut pour moi une dimension bien plus grande, en raison de la personne à qui je venais la faire : Christophe, l'un de mes subordonnés, mais aussi un voisin, devenu un ami.

Christophe commandait la brigade des recherches depuis trois ans, j'allais quant à moi rendre mon commandement un mois plus tard. Trois années de travail judiciaire intense nous avaient fait nous apprécier mutuellement. Il combinait une bonne analyse des affaires judiciaires et un commandement efficace de sa brigade – ce qui n'a rien d'évident, car les militaires des unités de recherches sont tous des enquêteurs expérimentés, généralement gradés, et souvent dotés de fortes personnalités. Comme la plupart de ses pairs, il connaissait son métier sur le bout des doigts, de même que le terrain local et les juges d'instruction qui pilotaient parfois directement les dossiers avec ses enquêteurs. Mais Christophe, en prime, était un camarade extrêmement apprécié dans la vie de la caserne à laquelle lui et sa famille participaient volontiers. Avec le conseil des résidents, qui regroupe des personnes élues parmi les militaires et leurs familles, nous avions ainsi organisé une journée de jardinage de printemps. Grâce aux invendus des fleuristes du coin, les familles avaient planté des fleurs pour embellir nos espaces verts, tandis que les militaires de tous grades s'étaient motivés pour élaguer les arbres et tailler les haies comme jamais je ne les avais vus faire. L'après-midi avait été suivi d'un grand barbecue à l'occasion de la fête des voisins : cette journée resterait un souvenir tout aussi intense que les plus grandes opérations menées à la tête de la compagnie.

Pilier du conseil des résidents, Christophe participait aussi volontiers aux moments de cohésion que j'organisais régulièrement avec mes commandants d'unité : avec une compagnie éclatée sur douze casernes, l'esprit d'équipe ne s'obtenait pas tout seul, et il était important de veiller à créer des moments de convivialité. Nous en saisissions les occasions en marge de certaines réunions, lors de la Sainte-Geneviève ou lorsque le colonel inspectait la compagnie, et que nous parvenions à organiser repas en montagne et sorties raquettes. La tradition voulait que les inspections annoncées, historiquement l'occasion de recevoir les personnels en notation, soient toujours organisées entre janvier et avril. Cela coïncidait de façon heureuse avec la présence de la neige sur les massifs isérois et facilitait la tenue de moments agréables, facteur de cohésion et donc de force pour surmonter ensemble les épreuves.

En ce samedi de juin, j'avais quitté le bureau en fin d'après-midi pour me rendre en ville, profitant du calme relatif de cette semaine de permanence. J'étais parti depuis moins d'une heure lorsque mon téléphone sonna. Pour une fois, ce n'était pas le centre opérationnel de l'Isère qui m'appelait, mais un commandant de compagnie de l'Aube. Mon homologue m'annonça se rendre sur un accident routier grave, dont les deux victimes, un couple de retraités, étaient probablement les parents de Christophe. Le pronostic vital était d'ores et déjà engagé pour l'un des deux, mais il ignorait lequel et me promit de me rappeler une fois sur place avec plus d'éléments. Je repris mon vélo pour rentrer au bureau le plus vite possible, et accédai à la fiche opérationnelle ouverte dans l'Aube via notre logiciel national de gestion des interventions. Dans le même temps, je reçus la confirmation téléphonique du décès du conducteur, qui était le père de Christophe.

J'imprimai la fiche et, sans même me remettre en tenue, traversai d'un pas rapide la caserne pour me rendre chez lui. Avant de sonner à la porte, je tâchai de respirer profondément et de ralentir mon rythme cardiaque afin de me montrer le plus calme et apaisant possible. Je n'en menais toutefois pas large en faisant retentir la sonnerie. Ce fut Christophe qui m'ouvrit. En me voyant, il fondit en larmes, et me dit seulement : « Je sais. » Il avait été prévenu de l'accident par un appel téléphonique du centre opérationnel de l'Aube. Reconnaissant le numéro affiché sur son téléphone, il avait blêmi avant de décrocher, car il savait ce que cela signifiait : une intervention des gendarmes locaux concernait ses parents, qui habitaient le département. Après lui avoir annoncé l'accident, l'opérateur lui apprit que son père et sa mère étaient blessés, confirma avec lui le signalement du véhicule et qu'il était bien leur fils, mais ne donna pas d'autres détails sur la gravité des blessures. En praticien, Christophe traduisit toutefois immédiatement ce qu'un tel appel signifiait : ni l'un ni l'autre de ses parents n'était plus en état de parler…

À l'instant même où il me vit devant sa porte, il comprit que je venais lui annoncer un décès, sans savoir lequel était concerné. Malgré son émotion, qui ne faisait que renforcer la mienne, il me fallut d'abord trouver les mots : lui dire que son père était décédé et sa mère était gravement blessée – sans cependant que ses jours ne soient en danger. Puis prendre le temps de m'asseoir avec lui, de boire un verre d'eau, de respecter ses larmes, ses silences, et d'écouter tout ce qu'il avait à dire…

Nous nous connaissions suffisamment pour que ma présence soit visiblement plus réconfortante que gênante, et qu'il puisse ne pas se sentir affecté de laisser ainsi ses émotions s'exprimer devant son chef. Étant à ce moment au maximum de l'empathie possible, je sentais que mes larmes étaient prêtes à accompagner à tout moment celles de Christophe, malgré mon rôle de chef et d'accompagnant censé me protéger et m'invitant à maîtriser mes propres émotions. Mais il fallait aussi que la confiance soit grande entre nous, pour qu'un militaire accepte de vivre cette scène face à son commandant, dans ce métier où les affections sont si souvent cachées par pudeur ou fierté.

En raison des circonstances, je décidai de participer aux obsèques malgré la distance. Je m'y rendis avec deux militaires de l'unité qui témoignèrent ainsi, par leur présence, du soutien unanime de l'équipe à son chef. La cérémonie fut plus qu'émouvante. À proximité du cercueil se trouvait le brancard de l'épouse du défunt, sortie de l'hôpital en ambulance pour l'occasion… Par la suite, avec Christophe, nous passerions rapidement au tutoiement, ce qui serait probablement venu naturellement quoi qu'il arrive. Mais après de telles émotions partagées, la relation d'amitié avait désormais pris le pas sur la hiérarchie.

11

Camille

Il peut arriver que la sphère professionnelle et la sphère personnelle s'entremêlent d'une autre façon. C'est même assez fréquent dans notre métier : parce qu'ils vivent en caserne au milieu du territoire où ils travaillent, les gendarmes sont parfois amenés à intervenir dans des affaires où l'un ou l'autre des acteurs est lié à leur réseau de connaissances.

Camille était militaire. Officier supérieur affectée à une base proche, elle habitait à Blanquefort, à proximité de notre brigade. Divorcée, elle s'occupait de ses deux garçons, adolescents, dont elle était particulièrement fière. Parcours scolaire excellent, tout semblait sur de bons rails pour leur famille. Jusqu'à ce jour de 2008 où elle fut amenée à déposer plainte avec ses fils, à la suite d'une agression dont ils avaient été victimes.

Jeune lieutenant commandant la brigade, je pris le temps, par courtoisie militaire, de me présenter à cette plaignante. J'ignorais encore que Camille et sa famille allaient devenir des habitués de nos locaux d'accueil. Mais je compris rapidement que l'agression subie par ses fils était le fait d'un groupe d'adolescents en voie de déscolarisation ; trois garçons dont les mamans étaient largement dépassées. Le seul père encore présent était alcoolique, et la communauté éducative des différents établissements scolaires qu'ils avaient fréquentés n'avait pas pu les rattraper. Ces garçons nous occupaient bien dans nos cellules de prévention avec la mairie et les lycées : malgré plusieurs gardes à vue, les sanctions éducatives mises en place par la justice n'avaient pas produit d'effet dissuasif, et ils continuèrent leurs actes délinquants durant de nombreux mois. Lorsque l'un d'entre eux fut finalement envoyé en centre éducatif fermé, beaucoup trop de temps s'était écoulé.

Pour les fils de Camille, ce qui était au départ une agression gratuite s'était progressivement transformé en harcèlement. Les conséquences survinrent rapidement : difficultés scolaires et relationnelles. Les deux garçons ne semblaient toutefois pas s'enfermer dans le silence, et lorsqu'ils revenaient avec un bleu ou un objet disparu à la maison, leur mère les accompagnait systématiquement à la gendarmerie pour déposer plainte.

Cela devint malheureusement trop habituel et je sentais progressivement que les difficultés de cette famille dépassaient le seul cadre judiciaire dans lequel nous pouvions agir. La maman, très affectée, semblait de plus en plus proche de la dépression. Lors de l'un de ses derniers dépôts de plainte, les faits rapportés par les garçons étaient tellement flous que je ne pus m'empêcher intérieurement de douter de leur véracité. Le risque était réel, qu'une fois habitué à la position de victime, l'un des garçons ne l'utilise abusivement pour justifier une absence scolaire ou éviter un contrôle de mathématiques.

Comme à chaque fois que nous recevions une plainte, ce risque n'enlevait rien à notre devoir d'investigation. Il arrive fréquemment dans certaines affaires que des enquêteurs émettent des doutes sur l'exhaustivité, la réalité ou une éventuelle déformation des faits rapportés par la victime[1]. Alors que l'enquêteur au contact de la victime ne doit, lui, jamais faire apparaître de doute, afin de rester à l'écoute dans une relation de confiance, des points de vue différents au sein de l'unité permettent quant à eux une critique et un échange de vues constructifs, qui contribuent fréquemment à faire progresser l'enquête.

Pour autant, nos doutes ne doivent en rien réduire notre volonté de résoudre ces affaires, en vue d'obtenir les réponses pénales adaptées, c'est-à-dire combinant l'intérêt des victimes et la prévention de la récidive

1. Cf. Chapitre 5.

pour les auteurs. Dans un jargon moins technique, cela signifiait ici obtenir un éloignement des voyous via un placement en centre éducatif. Toutefois ce matin-là, recevant Camille, je m'inquiétai surtout de l'odeur d'alcool au moment de son dépôt de plainte. Cela trahissait son état de dépassement face aux événements, ce qui se matérialisait par la nécessité de prendre un « petit remontant » en apprenant que l'un de ses fils avait été encore une fois agressé. J'en parlai d'ailleurs à un autre officier de la base, qui accompagnait régulièrement Camille et avec lequel j'avais fini par tisser des liens de confiance, lui exprimant mon inquiétude pour le moral de cette mère de famille.

Quelques jours plus tard, les deux garçons débarquèrent à nouveau avec un jeune homme, ami de la famille. Cette fois, il ne s'agissait pas d'un dépôt de plainte. Camille était partie en voiture sans laisser d'adresse, mais en laissant un message sur le répondeur téléphonique de leur ami. D'une voix lente et souffrante, elle exprimait sa fatigue et demandait pardon…

Compte tenu de la détresse exprimée par ce message, il y avait urgence à agir. Mais comment la retrouver ? Nous avons immédiatement ouvert une enquête pour disparition inquiétante, et diffusé le signalement de la voiture et de la conductrice à tous les gendarmes et policiers du département et des départements voisins. Son téléphone mobile étant désormais coupé, nous ne pouvions plus espérer le géolocaliser. Nos investigations se concentrèrent donc sur ses habitudes et relations, ainsi que sur les réquisitions techniques.

Dans un premier temps, nous avions demandé à la famille de nous lister tous les points de chute possibles, d'appeler les amis et parents que Camille serait susceptible d'avoir contactés ou chez qui elle aurait pu se rendre. Outre son intérêt opérationnel, cette part de l'enquête est toujours essentielle pour que les proches se sentent acteurs à nos côtés et puissent ainsi, à leur façon, participer aux recherches. Elle permet le plus souvent de tisser ce lien de confiance si nécessaire pour qu'ils sentent notre mobilisation et s'impliquent eux aussi, en bonne complémentarité avec nous. Elle se prolonge logiquement par un appel à témoins, souvent lancé dans les 24 ou 48 heures, selon la décision du magistrat du parquet qui supervise notre enquête. À l'époque où se déroulaient ces événements, l'appel à témoins ne fut passé que dans la presse quotidienne régionale, alors qu'aujourd'hui les réseaux sociaux sont utilisés de façon complémentaire par la police et la gendarmerie, ce qui permet de toucher des publics plus variés.

Autre volet de l'enquête, les investigations techniques. Même si le téléphone était désormais éteint, nous avions requis l'opérateur afin de connaître le détail des appels passés ou messages envoyés, mais aussi, et surtout, l'emplacement des derniers relais téléphoniques déclenchés. S'agissant d'investigations non pas en temps réel mais en « remontant le temps », les délais des opérateurs étaient plus longs, à l'image de ceux des banques, que nous avions également interrogées pour savoir si la carte bancaire avait été utilisée. Je l'ai précisé, ce récit date de 2008 ; dix ans plus tard, le volet technique aurait été plus important : le véhicule disposait-il d'un badge de télépéage ? D'un système de navigation connecté ? Autant de vérifications qui nous auraient permis de le retrouver plus rapidement.

24 heures après la disparition, et alors que les vérifications effectuées jusqu'à la résidence secondaire de Camille dans le Lot-et-Garonne n'avaient rien donné, sa banque nous apprit qu'elle avait fait le plein d'essence sur la rocade de Bordeaux, tout en achetant alcool et cigarettes à la boutique de la station. La vidéosurveillance de la station-service nous permit de

confirmer que c'était bien la mère de famille qui s'était servie de la carte bancaire, mais aussi qu'elle était seule à bord de sa voiture. En l'absence d'autres opérations bancaires, nous pouvions au moins écarter toute cause crapuleuse à la disparition, et surtout orienter nos efforts dans la direction de la route empruntée. De plus, à quelques heures d'écart, nous recevrions de l'opérateur téléphonique la position des derniers relais déclenchés, nous permettant de prolonger le trajet : la dernière trace se situait au sud de Bordeaux, dans la direction du Lot-et-Garonne, non loin de l'A62, autoroute permettant de rejoindre Agen. L'hypothèse d'un trajet vers sa maison de vacances semblait donc de plus en plus plausible, même si, manifestement, elle n'y était pas arrivée.

Compétent autour de la zone du dernier relais déclenché, le commandant de la compagnie de Langon décida d'engager d'importantes recherches. Il mobilisa l'hélicoptère, mais aussi gendarmes à pied et en véhicule, pour reconnaître les chemins et routes forestières où Camille aurait pu s'arrêter. Au cours de ces recherches, le commandant de la brigade locale se blessa d'ailleurs grièvement à une jambe.

En parallèle, nous avions à nouveau sollicité le groupement du Lot-et-Garonne, cette fois-ci pour leur demander de vérifier l'éventuelle présence de la voiture sur les aires d'autoroute du département. C'est cette dernière orientation des recherches qui se révéla payante : au cours du week-end suivant, le peloton d'autoroute local découvrit la voiture stationnée sur une aire de repos. Sa conductrice s'y reposait sans réveil possible, après avoir absorbé un mélange d'alcool et de médicaments.

Absent de la caserne au moment de ce triste épilogue, je fus immédiatement avisé. Notre dossier s'arrêtait là : les enquêteurs du Lot-et-Garonne allaient se charger de la procédure de découverte de cadavre, afin de vérifier qu'il s'agissait bien d'un suicide. En revanche, à mon retour à Blanquefort, je me rendis chez elle où je trouvai les deux garçons et leur père, lui-même ancien officier, pour leur présenter mes condoléances. La démarche n'était pas courante, mais elle me semblait appropriée compte tenu du lien que j'avais créé avec la défunte et sa famille, tant pour les protéger des délinquants locaux que par la fraternité d'arme que nous pouvions ressentir entre officiers. Quelques jours plus tard, j'assisterais également aux obsèques célébrées dans l'église locale, en présence des autorités militaires de sa base d'appartenance et d'un détachement en armes pour rendre les honneurs.

En tant que commandant de la seule unité militaire de la commune, et ayant surtout coordonné l'enquête judiciaire en lien avec les opérations de recherche, il me paraissait évident que je me devais de représenter la gendarmerie à cette occasion. Mais au-delà du protocole militaire, il y avait probablement aussi dans ma décision d'être présent un désir de rattraper l'action que nous aurions aimé réussir en amont : faire en sorte que cette famille ne soit plus la victime du feuilleton socio-judiciaire dans lequel elle se débattait.

L'officier qui avait souvent accompagné Camille lors de ses venues à la brigade avait fait le lien avec sa hiérarchie durant toute la phase de recherches. Il avait suivi de près nos investigations et notre travail opérationnel. Chose rare, il organisa un repas avec le commandant de la base pour nous remercier. J'y assistai avec Lionel, le directeur d'enquête. Mais par notre intermédiaire c'était l'engagement de toute la gendarmerie qu'il tenait à remercier.

Cette affaire a profondément marqué mon premier commandement, à plusieurs titres. Bien sûr, le fait que la victime soit militaire avait particulièrement focalisé le regard des autorités, mais là n'était pas le principal. Nous savions surtout que ce suicide et la dépression qui l'avait précédé étaient liés, d'une façon ou d'une autre, aux agressions répétées dont ses fils avaient été victimes. D'où un sentiment, pour nous qui avions en charge la sécurité publique sur la commune, d'une certaine amertume : malgré les enquêtes successives, toujours menées rapidement et efficacement, nous n'avions pu empêcher ces deux adolescents de souffrir psychologiquement et scolairement du harcèlement qu'ils avaient trop longtemps vécu. Ni les dispositifs d'aide aux victimes, ni la présence de la communauté militaire aux côtés de Camille n'avaient, de même, pu lui éviter sa dépression puis son suicide…

Peut-être que l'une ou l'autre de nos actions aurait pu être repensée, qu'une parole aidante aurait changé quelque chose. Peut-être aussi que ce qui s'est produit dépassait nos compétences et le champ de notre action – ce qui amène à s'interroger sur l'efficacité du système, malgré tous les dispositifs de partenariat et de prévention auxquels nous participions sur le canton. Peut-être enfin que les circonstances – cette mère élevant ses garçons de façon relativement isolée – avaient formé un terreau défavorable sur lequel nous n'avions pas ou peu de prise, l'empêchant de faire face aux événements qu'elle avait subis. Le repas avec les autorités de la base fut une façon d'exorciser toutes ces interrogations, car les camarades aviateurs de Camille partageaient notre amertume et notre sentiment d'impuissance, pour ne pas dire de culpabilité, pour ne pas avoir détecté ses signaux de souffrance et n'avoir pu l'aider à temps.

Je resterais également marqué par l'engagement collectif dès la réception de l'alerte. À l'échelle régionale, cet engagement opérationnel fut très important. Si je n'étais pas, à l'époque des faits, responsable de la direction des recherches, supervisée par l'officier de permanence du groupement, je n'en ai pas moins été pendant plusieurs jours au centre d'un dispositif conséquent, car l'enquête alimentait les recherches opérationnelles. J'ai eu ainsi plusieurs fois au téléphone le commandant de compagnie qui diligentait les battues, vivant par ce biais la formidable mobilisation, malheureusement vaine, de ses hommes sur le terrain.

Quelque temps plus tard, je pris des nouvelles de mon homologue de la brigade de Podensac, qui s'était fracturé la jambe au cours d'une de ces battues en passant une clôture lors de l'arrivée de l'hélicoptère. Ce major sportif et dynamique vit malheureusement sa fin de carrière anticipée par cet accident. Au téléphone, il me dirait ne pas regretter son engagement ni ses conséquences, bien qu'il eût appris entretemps que la voiture avait continué sa route… Il avait fait le job, tout simplement. À ce moment-là, une vie pouvait encore dépendre de nos recherches. Et rien d'autre ne comptait.

12

Soline

Être confronté à la mort violente d'une personne que l'on connaît est toujours rude, même si cette confrontation est le fait de la mission, dans un cadre professionnel. J'irai plus loin : le cadre professionnel peut être d'autant plus aggravant que le défunt fait partie des cercles où se joue la cohésion du groupe. Si le sort m'a épargné d'être confronté à la mort d'un de mes subordonnés durant mes deux premiers commandements, j'ai néanmoins vécu à plusieurs reprises des situations qui s'en rapprochaient humainement : soit parce qu'il s'agissait d'un camarade d'une autre unité, soit parce que l'intégrité physique d'un de mes gendarmes avait été touchée d'une façon ou d'une autre.

Il y a également des circonstances où la vie personnelle fait qu'on se sent moins prêt à aborder ce genre d'épreuve. De cela, je ne me rendis compte qu'en vivant successivement les deux événements que je m'apprête à narrer.

Les deux se sont déroulés au printemps 2013. En cette fin mai, j'approchais de ma première année à la tête de la compagnie. Bien que le travail ne manquât pas, surtout en cette période de notation, j'avais décidé de participer à l'entraînement du groupe montagne prévu cette semaine-là. L'enneigement était encore exceptionnel et nous allions randonner à ski durant deux jours avec nuit en refuge. Je me réjouissais de cette sortie dans le massif de la Meije, qui allait me permettre de mieux connaître les montagnards de la compagnie, mais aussi les encadrants du groupe dont la majorité était affectée dans d'autres compagnies. L'avant-veille du départ, je reçus un courriel un peu inquiétant de mes parents : ma sœur jumelle, mariée depuis l'été précédent, était dans son dernier mois de grossesse. Face à un mal de tête qui ne passait pas, son médecin traitant l'avait envoyée à l'hôpital, où un scanner avait révélé une anomalie au cerveau. La décision avait été prise de déclencher sous 48 heures l'accouchement par césarienne, tandis que les médecins essayaient de se montrer le plus rassurant possible. Je décidai donc de maintenir ma participation au raid, mais m'organisai avec le PGHM afin que mon épouse puisse me transmettre les nouvelles par la radio montagne.

Durant la montée au refuge, je partageai ces circonstances particulières avec Jacques, l'un de mes gradés les plus férus d'activités alpines. Pilier des groupes montagne et spéléo, sa moustache était célèbre dans tout le massif de Belledonne. Cet adjudant-chef connaissait tous les commerçants de la station de Chamrousse, où il passait plusieurs mois chaque hiver en tant que chef du poste saisonnier. Particulièrement humain, comme le sont souvent les montagnards, il connaissait sur le bout des doigts tous les militaires de son unité et était un relai précieux pour le commandement. D'une manière générale, j'appréciais ces moments privilégiés où nous pouvions discuter d'égal à égal avec l'un ou l'autre, en transpirant skis aux pieds et sac au dos dans une belle montée enneigée. L'occasion, toujours riche, de se parler franchement du travail, de l'ambiance, mais aussi de partager des sujets plus personnels, ce qui fut le cas ce jour-là puisque j'abordai avec Jacques l'hospitalisation de Soline, et mon attente des nouvelles de l'accouchement.

Le soir au refuge, grâce au réseau radio montagne, j'appris par mon épouse la naissance de ma nièce Amandine, qui était également la première cousine « paternelle » de mon futur enfant. Ma sœur allait bien, j'étais dans la joie et partageai cette bonne nouvelle à mes camarades de raid. Soline, toutefois, restait hospitalisée, en raison, comme les médecins en parlaient pudiquement, de sa « grosseur dans le cerveau ». Le lendemain, lors de notre descente vers le village de La Bérarde, je priai intérieurement pour que cela ne soit pas trop grave. Une fois en bas, prenant à peine le temps de contempler la magnifique vallée de l'Oisans, je m'empressai de féliciter par message ma sœur et mon beau-frère dès que je retrouvai un peu de réseau.

La joie de la naissance fut malheureusement de courte durée. À peine avait-elle pu donner sa première tétée que Soline fut transférée sans sa fille en soins intensifs de neurochirurgie, à l'autre bout de la ville. Une biopsie fut pratiquée pour analyser la nature de la tumeur que les médecins avaient bien décelée dans son cerveau. Celle-ci avait profité du surcroît de forces de la grossesse et avait pris tellement de place que le cerveau souffrait de compression. Après l'intervention visant à prélever la biopsie, ma sœur ne reprit pas totalement conscience et fut à nouveau opérée en urgence dans la soirée de vendredi, pour décomprimer son cerveau qui risquait de ne pas passer la nuit. Ma mère s'était rendue à ses côtés pour découvrir son premier petit-enfant : elle m'appela en larmes à l'annonce de ce diagnostic, au moment même où j'arrivai à la maison après le raid.

Les miracles de la médecine moderne ont cependant permis à Soline de reprendre conscience dès le lendemain matin, puis de retrouver son mari deux jours après la naissance de leur fille. J'étais déjà en route et criai de joie seul dans la voiture en recevant ce message : « Soline est réveillée. Elle parle et elle mange ». Arrivé quelques heures plus tard, peu avant mon père et mes autres frères et sœurs, j'ai enfin pu embrasser ma sœur jumelle et lui dire combien je l'aimais. Le lendemain, alors que j'avais repris la route vers la compagnie, Soline m'appela pour me demander d'être le parrain d'Amandine, rajoutant encore à l'émotion de ce week-end où j'avais dans le même temps fait connaissance avec ma première nièce et appris que ma sœur était atteinte d'un mal sans doute incurable.

Le corps médical fut exceptionnel de délicatesse et d'attention. Dans les jours qui suivirent, la petite Amandine bénéficia d'une permission de sortie de la maternité pour revoir quelques heures sa maman, tandis que les infirmières fabriquaient un pêle-mêle en carton accroché au pied de perfusion pour que ma sœur puisse avoir une photo de sa fille à côté d'elle.

Mais ce n'était qu'un sursis. La tumeur, probablement cancéreuse, gagna son combat et emporta ma sœur une semaine plus tard. Le dimanche suivant au petit matin, le téléphone sonna. Mes parents m'annoncèrent que la tumeur s'était mise à saigner pendant la nuit. Soline était plongée dans le coma et je compris qu'elle ne se réveillerait pas. Après avoir partagé ma douleur avec mon épouse, je téléphonai à Bernard, mon adjoint, qui était en week-end à moins d'une heure de route. En le réveillant, je lui ai annoncé que ma sœur était en train de mourir. Sans avoir besoin de lui demander quoi que ce soit – il avait suivi les événements précédents –, il me répondit simplement : « J'arrive, tu peux dévier ton téléphone sur moi. » En effet, je terminais ma semaine de permanence et nous avions ce matin-là sur la circonscription un événement à risque : un groupe de sympathisants de l'OAS devait se rassembler autour de la tombe d'un ancien membre de cette organisation, et une contre-manifestation était organisée par la famille d'un commissaire de police, assassiné par ce criminel. Fort heureusement le dossier d'ordre public était totalement détaillé et le contexte parfaitement connu de tous les officiers de la compagnie, je n'avais donc qu'à passer au bureau imprimer les ordres et les laisser sur le bureau de Bernard afin qu'il dirige la manœuvre à ma place. Laissant la compagnie en sachant qu'elle était dans de bonnes mains, je retournai à l'essentiel : ma famille. Dans la matinée, je me rendis au chevet de ma sœur qui décéda officiellement en fin d'après-midi. À dix jours, Amandine était orpheline.

Pendant une semaine, jusqu'aux obsèques, je fus, avec mon épouse, mon frère et ma sœur, aux côtés de mon beau-frère et de mes parents que je n'avais jamais vus si tristes : je compris à cette occasion combien la vie ne prépare pas à perdre brutalement un enfant, quel que soit son âge. Quant à moi, je me concentrais sur la préparation des obsèques et les nouvelles à donner à la famille et aux amis, puisque c'était le rôle que je m'étais attribué entre la naissance et le décès. Au sein de mes proches et de ceux de Soline, je recrutai de nombreux musiciens et choristes pour embellir la cérémonie religieuse. Il est en réalité probable que je m'occupais ainsi l'esprit par l'action afin de ne pas me faire submerger par l'émotion, un peu comme Lionel qui prenait des photos après le décès d'Hubert[1]...

Durant cette période, j'ai été particulièrement touché par les multiples témoignages de soutien et de prière reçus de la part d'amis, mais aussi de nombreux camarades. Mes chefs, mes adjoints, les militaires de tout grade de la compagnie ou des services du groupement, ont tous été de véritables soutiens. Par leurs messages, la magnifique gerbe de fleurs envoyée à la cérémonie, tout comme la présence d'une délégation de camarades de la direction générale que j'avais quittée l'été précédent, je compris combien les termes « camaraderie » et « communauté militaire »

1. Cf. chapitre 7.

exprimaient une réalité forte et concrète allant très loin au-delà des mots.

À première vue, ce deuil pourrait paraître étranger à mon métier et aux récits présentés ici. Il y a pourtant toute sa place : il m'a fait changer de regard sur la mort, mais aussi appris à prendre du recul sur mon positionnement hiérarchique.

J'avais fait l'expérience du deuil. Par celle-ci, je compris avec beaucoup plus d'acuité comme il est difficile d'accompagner une personne en pareille situation : on a naturellement tendance, lorsqu'on s'exprime, à projeter ses propres pensées, d'espérance ou de tristesse, sans pouvoir connaître le rythme réel des sentiments qui animent notre interlocuteur. La compassion que certains veulent absolument partager peut ainsi se révéler contre-productive si elle passe par des mots de douleur à un moment où l'on tente de s'extraire de sa peine. Je l'ai ressenti dans ces moments où j'essayais moi-même d'être semeur de joie dans ma famille, et recevais parfois des messages qui voulaient partager ma douleur, et ce faisant, me ramenaient brusquement à cette dernière.

J'ai aussi compris que le deuil, dans la durée, pouvait se vivre de mille façons, et qu'il était si facile de générer du trouble avec d'excellentes intentions. Ainsi, envoyer par SMS un message de soutien le jour de l'anniversaire d'un décès peut sembler louable. Il est pourtant difficile de savoir dans quel état d'esprit se trouve au même moment celui auquel il est adressé. Peut-être tente-t-il justement de ne pas y penser en permanence, sans doute doit-il travailler… C'était mon cas, un an après, le jour de l'anniversaire du décès de Soline, lorsque je reçus un SMS de soutien en plein milieu d'une réunion que j'animais, ce qui me demanda beaucoup de flegme pour ne pas paraître trop troublé. Mais inversement j'ai été touché par la délicatesse de courriers inattendus ou d'envois de fleurs, fidèles et discrets… Ayant compris que l'on ne peut pas présager de l'état de celui qui vit un deuil, j'ai depuis pris le parti de me montrer le moins intrusif possible, et de ne surtout pas essayer de prédire une situation, à chaque fois que je m'y retrouve confronté. Or ne pas prédire suppose de chercher à s'adapter à tous les états d'humeur, et n'est possible que par l'écoute.

Au-delà de cet apprentissage, avoir vécu le décès de Soline m'a obligé, dès la première de mes quatre années de commandement à la compagnie, à me placer en position de faiblesse. Peut-être cela m'a-t-il aidé à rendre moins distantes mes relations avec un certain nombre de mes subordonnés, qui ont pu constater, à cette occasion, que le chef exigeant qu'ils supportaient depuis dix mois était, comme chacun d'eux, confronté à la vie et à ses tourments. Cela m'a obligé en tout cas à accepter d'être soutenu, à la fois par mes chefs, mon équipe rapprochée, et aussi par mes subordonnés. Je fus enfin contraint de ne pas effectuer certaines tâches aussi parfaitement que je l'aurais voulu et d'accepter de prendre plusieurs semaines de retard dans un calendrier administratif pourtant serré. Mais aussi de reconnaître mes limites devant mon colonel, dont la bienveillance fut par ailleurs admirable... Leçon d'humilité qui me serait utile dans la durée, dans des circonstances moins dramatiques et pour lesquelles les événements extérieurs influeront moins que ma propre organisation ou mon manque d'anticipation.

De la disparition de Soline qui m'a touché aux larmes et avec le recul des années, j'ai tiré un autre enseignement : notre société n'est plus habituée à affronter la mort dans des circonstances telles qu'une naissance, qui doit avant tout être heureuse. Nous avons la chance de profiter des progrès de la médecine, qui ont rendu les accouchements moins douloureux mais surtout moins dangereux pour les mamans. Les réactions autour de nous lors du décès, les mots de révolte, les cadeaux de naissance démesurés, l'église débordante au point que la mairie avait ajouté un chapiteau à l'extérieur, tout nous montrait que notre société a perdu l'habitude d'enterrer de jeunes mamans.

Or il suffit de lire les biographies des personnages célèbres du vingtième siècle pour se rappeler que le début de la vie était souvent, il y a peu, confronté à des décès. Combien de célébrités ont perdu un ou plusieurs frères et sœurs très jeunes, ou perdu leur mère durant leur enfance ou dès la naissance ? Au point que la mort d'une maman lors de l'accouchement avait même été spécifiquement prévue par le Code de la sécurité sociale…

Le papa d'Amandine devait l'expérimenter à ses dépens. Alors qu'on lui avait affirmé pouvoir bénéficier du congé maternité de son épouse, il avait préféré reprendre rapidement le travail pour s'occuper l'esprit et retrouver un rythme le plus normal possible. Mais au bout de quelques semaines, la réalité le rappellerait à la raison : la fatigue se faisant sentir, il demanda à bénéficier de quelques jours de la fin du congé maternité de Soline. En réponse, un courrier mémorable de la sécurité sociale, lui expliquant qu'il n'avait pas droit aux indemnités de Soline au motif que le certificat de décès ne mentionnait pas que la mort était consécutive à l'accouchement !

Révolté par la situation, j'en parlai après une cérémonie à mon député, Olivier Véran. Arrivés à nos postes respectifs quasiment en même temps et à peu près au même âge, nous nous connaissions bien et nous croisions régulièrement lors d'événements locaux – à une époque où il n'avait pas encore été précipité sous les feux médiatiques par la crise du COVID. Il comprit bien la problématique : médecin et neurologue, il était alors aussi rapporteur du projet de loi de financement de la sécurité sociale. Le Parlement ne pouvant pas proposer des mesures qui augmentent les dépenses, il présenta la question, fameux courrier à l'appui, au cabinet du ministre de la santé. Une enquête fut diligentée. Elle permettrait alors de découvrir que la situation concernait une trentaine d'enfants et de pères en France chaque année, rien que pour les décès non liés à l'accouchement… À l'automne suivant, le gouvernement présenta donc un amendement au projet de loi de financement : depuis son adoption, le code de la sécurité sociale fait désormais en sorte que tous les papas dans une telle situation puissent avoir droit aux indemnités maternité. Évitant aux responsables des caisses d'assurance maladie de signer des courriers aussi révoltants que celui qu'avait reçu mon beau-frère…

Me lancer dans ces démarches fut certainement pour moi, à nouveau, une façon d'être dans l'action et de ne pas subir totalement les événements. Cela nous donna, avec mon beau-frère, le sentiment de reprendre un peu le contrôle sur les choses, même plusieurs mois après. Ce fut surtout un moyen de trouver du sens, une issue positive, à ce qui restera un drame. Pour nous deux et pour toute notre famille.

13

Olivier

Il est des fois où l'on ne se sent pas aussi bien armé que d'habitude. Moins d'un mois après les obsèques de Soline[1], je reçus un appel de Jean-Valéry, le colonel, pour m'annoncer une tragédie : le PGHM était parti pour un secours en montagne dans le massif de Belledonne. La victime, décédée, était un gendarme dont on n'avait pas encore l'identité. Il était possible qu'il s'agisse d'un militaire de la compagnie. Dans la voiture qui m'emmena immédiatement à la base de secours en montagne où nous allions voir l'hélicoptère revenir avec le défunt, j'imaginai ce qui m'attendrait en pareil cas : l'annonce du décès à la famille, la gestion des obsèques, le soutien de l'unité dont le moral allait fatalement être atteint. Lâchement, je priai intérieurement pour que ce ne soit pas un militaire de ma compagnie.

Lorsque j'arrivai au PGHM, Jean-Pierre, l'adjoint de Jérôme, me donna le nom supposé de la victime.

---

1. Cf. chapitre 12.

Je respirai un peu, car ce nom ne me disait rien. L'hélicoptère se posa peu de temps après. Tandis que Jean-Pierre et ses gars transféraient la civière dans leurs locaux en attendant les pompes funèbres, nous avons procédé à une reconnaissance de son visage ensanglanté. Brun, barbu, les yeux fermés, quelques plaies visibles à la tête, on devinait que son corps devait être salement amoché sous sa tenue d'alpiniste. Il avait fait une sacrée chute et avait dû mourir sur le coup. Aucun de nous ne le connaissait, il ne s'agissait manifestement pas d'un de mes gendarmes. Lorsque Jean-Valéry nous rejoignit, il me regarda avec autant d'affection que de gravité et me dit : « La mort rôde beaucoup trop autour de nous en ce moment. » Sans qu'il l'ait l'évoqué explicitement, je savais qu'il faisait référence aux événements familiaux que je venais de vivre.

Il avait avec lui une copie du dossier administratif de celui qui pouvait être le défunt. Le visage que j'avais vu ressemblait bien à la photo. Il s'appelait Olivier, ce n'était effectivement pas l'un de mes hommes. La mission tant redoutée s'éloignait de moi. C'est Thomas, mon homologue de la compagnie limitrophe de La Mure, qui allait devoir rassembler toutes ses qualités humaines pour accompagner l'épouse et l'unité d'appartenance du défunt, arrivé seulement quelque temps auparavant dans une unité montagne du sud de l'Isère.

Quelques jours plus tard, aux obsèques, je retrouvai Thomas, accompagné de Jean-Valéry, Jean-Pierre et quelques autres. Le képi et la vareuse d'Olivier posés sur le cercueil, ainsi qu'un film le montrant dans sa brigade, nous rappelaient l'omniprésence de son métier, de notre métier. J'ai été profondément ému par l'hommage que lui rendirent ses camarades de la brigade, qui en quelques discours et une chanson, témoignèrent bien plus que de l'amitié à leur camarade. Celui qui n'était pourtant que le dernier arrivé dans la caserne s'était manifestement très vite et très bien intégré. À la sortie de la cérémonie, je vis aussi pleurer de solides gaillards venus en tenue depuis les Pyrénées d'où Olivier avait quitté récemment son escadron de gendarmerie mobile. Ils s'étaient positionnés comme pour une haie d'honneur, mais l'émotion était trop grande. Voyant cela, le colonel n'ordonna pas de garde à vous et laissa faire un geste spontané dans leurs rangs : ils avaient besoin de se tenir les uns les autres par les épaules pour se réconforter.

Bien que la mort ne soit pas survenue en mission, Thomas avait organisé le matin une cérémonie à sa caserne pour permettre aux militaires de l'unité de présenter les honneurs à leur camarade. Tous savaient en effet qu'Olivier se préparait à la difficile qualification professionnelle de chef de détachement montagne, et que la sortie fatale devait être inscrite sur l'indispensable « liste de courses[2] » à présenter avant l'entrée en formation.

À la sortie des obsèques, le colonel me confia que Thomas avait géré les choses de façon admirable. Je lui répondis en avouant ma lâcheté le jour de l'accident, et combien j'avais été presque soulagé que la victime ne soit pas dans mes rangs ; je ne savais pas comment j'aurais pu être à la hauteur, étant moi-même affaibli par le très récent deuil de ma sœur. Sa réponse fut un encouragement plein de confiance : « On trouve les ressources lorsqu'il le faut, tu t'en serais très bien sorti. » Seule certitude : je n'aurais pas été seul, et aurais été soutenu au maximum.

2. Il ne s'agit évidemment pas de préparer une sortie au supermarché, mais de détailler les courses en montagne qu'on a vécues et son rôle dans la cordée. La « liste de courses » est indispensable pour se présenter à la plupart des brevets d'État qui permettent d'encadrer ou d'enseigner les disciplines de montagne, mais aussi aux examens des qualifications militaires de montagne.

14

Steve

Alors que j'étais encore élève ingénieur à Polytechnique, j'avais passé quelques jours en immersion dans les unités de la compagnie de gendarmerie départementale locale. But de ce stage, savoir si j'étais fait pour le métier que je m'apprêtais à choisir, au sens large : responsabilités professionnelles, appartenance à la communauté militaire, compatibilité de mes aspirations personnelles avec la vie en caserne et l'obligation de mobilité. Deux de mes camarades se demandaient eux aussi s'ils allaient rejoindre le corps des officiers de gendarmerie. Nous avions donc passé trois jours dans les différentes unités de la compagnie de Palaiseau, partagé un repas avec des officiers de gendarmerie mobile déplacés avec leur escadron au cantonnement de Fleury-Merogis, participé à une patrouille de nuit, à un contrôle vitesse... Nous avions aussi écouté des discours à rallonge à l'occasion de la cérémonie des vœux d'une municipalité, avec le défi de rester impassibles face aux tentatives d'humour qui n'enlevaient rien à la longueur de la séquence.

Mais nous avions surtout pu discuter en toute franchise avec les cadres rencontrés durant ces trois jours. Je serais bien incapable de retrouver nos sujets de conversation, mais une phrase m'avait particulièrement marqué. Honnête et ne voulant pas nous dissimuler les aspects les moins attirants du métier, le capitaine nous avait confié le moment qu'il craignait le plus de devoir vivre un jour : celui où, ayant revêtu sa chemise blanche et sa vareuse, il devrait aller frapper à la porte d'un logement de la caserne pour annoncer à une femme le décès en service de son mari[1]. Je n'ai pas oublié cette phrase, qui devait, malheureusement pour lui, se vérifier. Il me le confirma dix ans plus tard, alors que le hasard m'amenait à servir sous ses ordres directs comme commandant de compagnie, lui-même étant mon commandant de groupement : il venait juste d'annoncer à une militaire placée sous ses ordres le décès de son mari, lui aussi militaire du groupement. C'était déjà, me raconta-t-il, la troisième

1. À l'époque, la féminisation des brigades de gendarmerie départementale n'était pas aussi élevée qu'aujourd'hui. Le premier décès en service d'une femme gendarme est survenu en juin 2012 avec le double drame de Collobrières, où un malfaiteur avait abattu les deux femmes qui composaient une patrouille de gendarmerie. Le second événement de ce type fut le décès de la gendarme Mélanie Lemée, par ailleurs championne de judo, tuée par un chauffard lors d'une intervention en juillet 2020.

fois de sa carrière qu'il devait assumer cette délicate responsabilité. En outre, ce dernier drame était un suicide, événement qui brise une famille et une unité encore plus violemment qu'un décès accidentel.

Si je n'ai pas connu une telle épreuve, l'éventualité de vivre un décès dans ma propre unité a évidemment toujours été une hypothèse intellectuellement anticipée et redoutée. Le sort m'a fait passer à côté, tout du moins au cours de mes sept premières années de commandement. Toutefois, dans cette période, par un événement moins tragique mais grave, j'ai pu expérimenter comment notre métier pouvait toucher nos militaires dans leur chair.

Steve était arrivé peu après moi à la compagnie. Jovial, souriant, il sortait d'un escadron de gendarmerie mobile et mordait à pleines dents dans son travail de gendarme départemental. Il avait été affecté dans une brigade à l'activité très périurbaine, située à la confluence de plusieurs quartiers sensibles, où les événements ne manquaient pas. Dans cette unité, il avait rapidement pu se forger une solide expérience et apprendre à gérer toute une palette de situations. D'ores et déjà, il s'attaquait avec détermination et bonne humeur à la formation d'officier de police judiciaire, OPJ dans notre jargon. Au cours de cette période, j'eus même l'occasion de signer avec lui une petite procédure dont j'avais été l'un des acteurs. Ce soir-là, en sortant d'une manifestation protocolaire organisée par la mairie locale, je rejoignais ma voiture de service sur le parking de la salle des fêtes, lorsque je découvris que celle garée à côté était un fumoir de cannabis. L'un des trois passagers s'était même assis, son joint à la main, contre mon véhicule de commandement qui n'était pourtant pas réellement banalisé – les plaques militaires portaient la grenade, la radio et les avertisseurs lumineux du pare-brise étaient largement visibles… Je n'étais pas face à de grands délinquants !

Un coup de fil et quelques minutes plus tard, Steve et son binôme m'avaient rejoint sur le parking. Ensemble, nous saisissions les barrettes de « shit » du trio. Ma prérogative d'OPJ nous autorisait à réaliser une fouille perquisition de la voiture et des affaires des trois fumeurs, ce fut donc pour Steve un excellent exercice de procédure simple[2] que de préparer les procès-verbaux. Nous les avions ensuite co-signés, lui comme agent de police judiciaire assistant l'OPJ, moi comme OPJ. Je le revois encore se réjouissant « d'avoir un OPJ sous la main » tandis que les trois jeunes, pas bien méchants, maugréaient de s'être fait coincer comme des débutants…

2. Tellement simple qu'elle fait désormais l'objet d'une amende forfaitaire délictuelle, sans rédaction de procédure.

Ce fut un coup de fil bien moins réjouissant que je reçus quelques mois après, un soir d'hiver. La brigade de Steve terminait une affaire judiciaire impliquant un mineur. Une fois présenté à la justice à la fin de sa garde à vue, ce jeune homme devait être conduit dans un centre de détention spécifique et situé non loin de Lyon. Une mission banale de transfèrement, à peine une heure de route, mais qui se termina mal… Une grosse averse avait considérablement réduit l'adhérence. Au volant du véhicule de service, Steve perdit le contrôle sur une route à « deux fois deux voies ». Le Kangoo s'immobilisa après avoir percuté de front un muret en béton.

Le choc fut violent, toutefois personne ne perdit connaissance. Steve sortit de la voiture pour mettre en sécurité son binôme et le détenu. Mais, sitôt debout, il s'effondra au sol, et se rendit alors compte qu'il était sérieusement blessé. Tandis que la CRS autoroutière prenait en charge l'accident et sa procédure, une brigade voisine fut aussitôt engagée pour relayer notre équipe afin de terminer la mission de transfèrement judiciaire : le détenu n'ayant rien, il devait comme prévu achever son trajet et passer la nuit en cellule.

La situation était autrement plus complexe pour Steve. Incapable de se relever, il fut évacué rapidement sur l'hôpital militaire le plus proche, l'HIA[3]

3. Hôpital d'instruction des armées.

Desgenettes. Une fois pris en charge, il comprit enfin ce qui lui était arrivé : sous le choc, la ceinture de sécurité s'était tendue sur son holster de pistolet, qui lui avait totalement broyé la hanche ! Très vite, j'ai pu lui rendre visite et constater que le moral était bon. Toujours souriant, Steve m'expliqua comment il était devenu en quelques jours la coqueluche du service d'orthopédie. Il faut dire que peu de militaires y étaient hospitalisés à ce moment-là, et que notre camarade était non seulement leur seul blessé en mission, mais surtout leur seul patient de moins de quarante ans ! Il était en revanche totalement immobilisé, sa jambe blessée mise en traction par un impressionnant système de corde, de poulie et de poids, pour soulager l'articulation en attendant une opération et la pose d'une prothèse.

Au cours de nos discussions, il me relata ses échanges avec le chef de service. Steve étant particulièrement jeune, l'hôpital était en train de faire venir un nouveau modèle de prothèse de hanche en titane afin qu'il puisse la garder le plus longtemps possible. Je constatai à cette occasion comment l'action du service de santé des armées s'inscrivait dans la continuité de la nôtre. Derrière leur vocation de soutien aux opérationnels, on sentait vraiment la volonté de donner le meilleur soin possible – au sens le plus large du mot soin – à celui qui avait été blessé en service. Un constat extrêmement rassurant pour chaque militaire, mais encore plus pour les chefs opérationnels : les missions que nous donnons à nos équipes comportent en effet toujours une part de risque, même si l'on essaie de le prévenir par l'entraînement, l'équipement et la tactique, dans la préparation comme dans la conduite de l'opération.

L'accident de Steve illustrait bien la permanence de ce risque. La confirmation, dans cet HIA, que nous pouvions compter en toutes circonstances sur un soutien médical et humain de grande qualité, m'a donné un vrai motif supplémentaire de confiance dans notre métier. Un métier pas comme les autres, où en plus de s'engager personnellement avec force, on est amené à demander aux femmes et hommes de nos unités de s'exposer physiquement.

Steve fut donc remis sur pied, au sens propre, en quelques semaines. Mais allait commencer pour lui un nouveau parcours d'obstacles. S'il pouvait marcher et entamer une rééducation vers une vie presque normale, lui était en effet interdit le port d'un ceinturon, et donc d'une arme, ce qui l'empêchait de reprendre le service opérationnel. Il reprit le travail, mais beaucoup de doutes ont alors commencé à l'envahir : si cette inaptitude était définitive, ce qui était probable, il ne pourrait rester en brigade territoriale… Il savait que la procédure qui allait suivre pouvait le conduire soit à un emploi adapté à son inaptitude, soit à la réforme. Réforme, un mot qui fait peur lorsqu'on a la trentaine et la tête pleine de rêves d'une carrière d'action !

Ses doutes furent encore amplifiés par un entretien avec la responsable de l'accompagnement du personnel de l'état-major régional. Compte tenu de son jeune âge, trouva-t-elle utile de lui dire, il serait compliqué de le conserver toute une carrière dans des emplois « sédentaires » ; la réforme n'était donc pas à exclure… Lorsque nous les avons appris, mon chef et moi-même avons été révoltés par ces propos. Si dans l'absolu la réforme était prévue par la réglementation interne, l'usage voulait évidemment qu'on l'évitât au maximum pour les blessés en service. Mais déjà fortement secoué et en proie à nombre de doutes, Steve resta focalisé sur cette phrase, puis bascula dans la dépression. Malgré nos visites et surtout le soutien de ses camarades, difficile de retrouver le Steve qui « en voulait ». Son légendaire sourire avait disparu. Et alors qu'il aurait dû réussir aisément son examen d'OPJ qui approchait, il rata les dernières séances de formation et ne s'y présenta pas.

Nous avons cependant continué à plaider sa cause auprès des services RH de la région de gendarmerie, et Steve obtint finalement ses deux sésames : une autorisation de continuer à servir par dérogation aux critères physiques, combinée avec une mutation en centre opérationnel. Ainsi, et depuis cette époque, il exerce toujours son métier de gendarme, mais sans porter d'arme. Il demeure également au contact de la population, même si celle-ci ne peut plus profiter de son fameux sourire : répondant aux appels d'urgence du 17, c'est désormais la prise en compte téléphonique des usagers qui fait son quotidien. Un métier très technique aussi, puisqu'il faut à la fois gérer l'urgence, aller vite et piloter les engagements des patrouilles, tout en se montrant à l'écoute des appelants, souvent en situation de détresse. Le connaissant, je n'avais aucune inquiétude pour son adaptation à ce nouveau job. Il quitta donc la compagnie à peu près en même temps que moi, pour rejoindre un centre opérationnel de la région. Ce fut un soulagement pour lui, et une satisfaction pour tous. L'un des nôtres avait été blessé en mission et touché dans sa chair ; nous nous devions de l'accompagner au mieux et de tout faire pour lui trouver une place adaptée.

À première vue, cette histoire pourrait sembler anodine, car il ne s'agissait « que » d'un accident de la route. Elle l'était pourtant bien peu pour ceux qui l'ont vécue, à commencer par Steve, son épouse et leurs enfants. Par bien des côtés, elle est même révélatrice de ce qui peut arriver, trop souvent, dans notre métier. J'ai déjà évoqué le major qui s'était cassé une jambe, mettant fin à sa carrière, durant les recherches de Camille[4]. J'ai aussi parlé du décès de ce jeune gendarme adjoint volontaire lors d'un accident de la route plus grave. Le risque, notamment routier, est quotidien pour les gendarmes qui passent l'essentiel de leurs heures de patrouille sur les routes, que ce soit pour se déplacer sur leur circonscription, en intervention sur accident, ou en contrôle routier… Il n'est pas une année sans que nous déplorions la mort d'un camarade dans ce genre de circonstances.

Parce qu'on y prête moins d'attentions, on en a moins conscience que les décès en service, mais les blessures par accident font aussi partie de notre quotidien. Et comme pour Steve, elles peuvent conduire à de totales remises en question. Un de mes camarades de promotion s'était gravement blessé lors d'un saut en parachute durant la formation à l'EOGN : il n'a pas pu retourner sur le terrain durant tout le reste de sa carrière. Plus récemment, on a applaudi Margot Boulet lorsqu'elle est revenue des jeux paralympiques de Tokyo avec une médaille de bronze en aviron. Cette ancienne garde républicaine, grande sportive, avait réussi les tests d'entrée du GIGN. Blessée lors d'un saut en parachute avec sa nouvelle unité, elle a été définitivement réformée

4. Cf. chapitre 11.

et a dû quitter la gendarmerie. Sa reconversion sportive ayant été une réussite, elle a cependant pu réintégrer la gendarmerie comme sportive de haut niveau en sport paralympique. Mais sans porter l'uniforme : ne satisfaisant plus aux critères médicaux, elle sert désormais comme personnel civil…

Ces exemples illustrent bien comment une blessure physique, dont nous courrons toujours le risque, peut bousculer notre vie. Avec toutes les conséquences psychologiques que cela peut induire… En tant que gendarmes, nous nous sommes engagés pour servir dans un métier d'action. Or une blessure peut avoir des conséquences en cascade : outre le traitement de celle-ci, survient très vite l'angoisse de perdre, ou pas, son aptitude médicale, y compris, comme Steve, lorsqu'on a suffisamment récupéré pour ne pas se retrouver handicapé dans sa vie quotidienne. Cette épée de Damoclès peut peser lourd car, avec le risque d'inaptitude, vient celui de la réforme. De quoi faire exploser sa vie professionnelle, mais aussi sa famille. Ce poids mérite, au même titre que les autres, d'être pris en compte et accompagné sur les plans psychologique et professionnel.

15

Arnaud Beltrame

La journée du vendredi 23 mars 2018 avait commencé normalement pour l'officier d'état-major que j'étais devenu, bientôt deux ans après avoir quitté mon commandement à la compagnie. Puis j'appris, à l'occasion d'une réunion, que plusieurs membres de la direction des opérations étaient empêchés en raison d'un attentat qui venait de survenir à Carcassonne. Nous devions justement étudier l'évolution des processus pour la remontée de certains comptes rendus en cas d'affaire terroriste. Sans imaginer qu'au même instant, à Trèbes, l'un de nos camarades était en train de prendre la place de la dernière otage du supermarché… Étant alors affecté au cabinet du directeur général de la Gendarmerie nationale, je ne tardai pas à apprendre son geste héroïque et à réaliser de qui il s'agissait. Ce camarade était Arnaud Beltrame : le monde entier allait découvrir son nom et son visage quelques heures plus tard.

J'avais fait la connaissance d'Arnaud moins d'un an auparavant, alors qu'il venait d'être diplômé de l'École européenne d'intelligence économique. Moi-même avais été fraîchement nommé chargé de mission sur les problématiques numériques, et il m'avait sollicité, plein d'enthousiasme : il voulait valoriser sa formation du mieux possible, et proposait de constituer un réseau de veille numérique au service de l'institution. Je l'avais orienté vers un chef de bureau qui avait identifié des besoins pour certaines unités. Même s'il était alors en permission, occupé à déménager vers l'Aude, où il allait trouver la mort en héros, il était revenu spécialement pour cette réunion avec un entrain et une énergie qui m'avaient impressionné.

Ce jour-là, ayant appris sa présence comme otage volontaire dans le supermarché, je ressentais l'angoisse avec une particulière acuité. Poser un visage ou un sourire sur le nom du camarade en train de risquer sa vie n'aide évidemment pas à s'en détacher. Jamais je n'ai, je crois, aussi peu avancé dans mon travail que durant ce vendredi après-midi, où je priai d'abord pour qu'il l'emporte sur l'agresseur, puis pour qu'il survive à ses blessures. Bien que les liens que nous avions tissés aient été somme toute limités, être informé presque en direct de la situation critique d'un camarade tout en étant réduit au rôle de spectateur a constitué pour moi une expérience particulièrement malaisée. Et encore n'est-ce rien à côté de ses amis proches qui ont vécu cette même situation ce jour-là...

Après qu'il eut été conduit à l'hôpital, et jusque tard dans la nuit, je consultai frénétiquement mes téléphones pour m'enquérir de sa santé, même si je connaissais la gravité plus que désespérée de ses blessures. Je reproduisis ce geste dès le réveil : le samedi matin, Arnaud était décédé. Son visage et son sourire sont restés avec moi tout le week-end durant lequel je fis plusieurs propositions à mes chefs pour valoriser Arnaud dans l'espace numérique. Aussitôt celles-ci validées, le lundi matin à la première heure, nous avons publié une biographie d'Arnaud sur notre site internet, mais aussi mis en ligne une photo officielle sur sa page Wikipédia, créée dès le samedi matin à l'initiative de quelques anonymes.

En quelques heures, grâce à la réactivité et l'efficacité de nos webmasters, un registre numérique de condoléances fut aussi ouvert, modéré par la brigade numérique que nous avions inaugurée un mois plus tôt à Rennes. Le soir, rentrant un peu tard à la maison, je confiai à mon épouse une grande fatigue, accompagnée d'un modeste mais réel sentiment du devoir accompli. Certes mon rôle, dans cette affaire, s'était tenu bien éloigné du cœur de l'action, et mes dossiers avaient encore moins avancé que le vendredi précédent, mais cette journée fut sans doute l'une de celles qui eut le plus de sens de toutes mes années passées à la direction générale. Et surtout, quel contraste avec les 48 heures précédentes, où je m'étais senti si inutile et spectateur : en mettant en place, dans le champ de mes missions du moment, ces quelques actions simples mais concrètes, j'avais retrouvé l'énergie et la sérénité qui m'avaient manqué depuis le vendredi midi.

L'action fait partie des fondamentaux de notre métier. Rester inactif face à un tel événement, au moment où le sacrifice d'un camarade que l'on connaît quelque peu devient le centre d'intérêt des médias du monde entier, ne pouvait amener que de la frustration, voire de la morosité ou de la culpabilité intérieure. Un peu comme mes gendarmes du poste de Prapoutel à qui j'avais ordonné de rester passifs lors de la disparition du *snowboarder*, alors qu'ils bouillonnaient de l'envie d'agir[1]... Nous avons besoin de nous raccrocher à l'action pour nous protéger des émotions. Cela était vrai pour la mort d'Arnaud comme pour l'affaire de Prapoutel, mais aussi, comme je l'ai déjà illustré dans l'enquête judiciaire face au meurtre du mari commis par l'amant de sa femme, dans l'organisation matérielle des obsèques de ma sœur, ou dans le

1. Cf. chapitre 2.

réflexe de Lionel de s'armer d'un appareil photo après le tir mortel d'Hubert[2]...

Agir pour retrouver ses repères, si possible dans sa technicité, permet de se concentrer sur des tâches et non sur ce que l'on ressent. Se prémunir de ses émotions en mission figurait également parmi les préoccupations de nos camarades de l'Institut de recherche criminelle de la gendarmerie nationale (IRCGN), lorsqu'ils sont partis à Boutcha, en Ukraine, effectuer des constatations sur les corps des victimes et contribuer ainsi à l'enquête ouverte pour crimes de guerre. Afin de limiter le risque, le chef de détachement interdit à toute personne d'entrer dans la tente où étaient réalisés les actes médico-légaux si elle n'avait pas une mission précise et des tâches à y réaliser. Ceci pour que personne n'ait un regard de simple spectateur sur les autopsies en cours.

Pour autant, être dans l'action n'empêchera jamais de ressentir ses émotions à un moment ou un autre, surtout si l'on est partie prenante du drame ou confronté au décès d'un proche : le deuil est nécessaire ; trop le repousser se révèle contre-productif.

Dans les jours qui suivirent la mort d'Arnaud, je découvris avec émotion les milliers de messages laissés sur le registre de condoléances en ligne, dont certains

2. Cf. chapitre 5, chapitre 12, chapitre 7.

rédigés, avec leurs instituteurs, par des classes de jeunes enfants. Pour ma part, je pus dire adieu à mon camarade lors de l'hommage national organisé aux Invalides. J'y saluai rapidement Jean-Valéry, mon ancien commandant de groupement, devenu le commandant de formation de la région Midi-Pyrénées : c'est lui qui avait dû gérer l'accompagnement de la famille, mais aussi soutenir les militaires du groupement de l'Aude. Le connaissant, je savais qu'il l'avait fait avec beaucoup de tact et d'humanité. Mais en ces moments qu'il me confia être particulièrement durs, pouvoir se soutenir entre camarades venus nombreux, de tous grades et de tous horizons, se révéla extrêmement précieux. Sentir également l'hommage de la Nation et l'émotion de la population qui nous exprimait son attachement nous a enfin beaucoup touchés.

Dans les semaines et les mois qui ont suivi, nous nous sommes souvent et longuement interrogés sur le sens de son action. Cela s'est fait individuellement, parfois en petit groupe, en veillant à ne pas remettre en cause son geste héroïque, que notre directeur général avait résumé en disant qu'il n'avait respecté aucune procédure, mais qu'il avait suivi son serment d'officier de gendarmerie. Personne ne peut assurer qu'il aurait accompli le même geste qu'Arnaud. Je pense même que je ne l'aurais sans doute pas fait, tant parce que je n'ai pas son esprit chevaleresque que parce que j'ai plutôt tendance, en situation opérationnelle, à essayer de ne pas surprendre mes subordonnés et donc à expliquer d'autant plus les actions qu'elles s'éloignent des procédures habituelles. Arnaud, lui, avait le tempérament nécessaire pour surprendre tous les acteurs en faisant le choix de son acte héroïque.

Il nous a inspirés par son courage et par le sens qu'il a donné à son serment. La force de l'hommage qui lui fut rendu nous a aussi aidés à être encore plus fiers de lui. Fiers, aussi, d'appartenir au même corps d'officiers de gendarmerie.

16

Nicolas et Vincent

Arnaud Beltrame, « le héros dont la France a besoin », titra un grand magazine national. Oui, mais aussi un héros parmi tant d'autres. Beaucoup de nos gendarmes sont en effet, discrètement, des héros du quotidien. Le métier de brigadier réserve nombre de situations inattendues, parfois de mauvaises surprises. Et souvent de façon injuste, car celles-ci reviennent plus souvent à certains qu'à d'autres. Ceux qu'on appelle les chats noirs…

Lorsque j'ai pris le commandement de la brigade de Blanquefort, le commandant de compagnie de Bordeaux m'avait briefé avant mon arrivée. Durant l'été précédent, une patrouille avait essuyé des tirs, et un gendarme de la brigade avait reçu une balle dans le bras. Nicolas et Vincent, premiers à marcher ce soir-là, avaient tenté d'intercepter un véhicule volé. Le conducteur s'était réfugié au lieu-dit Le Petit-Lacanau, à l'époque un campement sédentarisé de caravanes et de *mobile-homes* qui servait de base à de nombreux raids délinquants dans la région. Un certain nombre de membres de la communauté locale des gens du voyage, dont Le Petit-Lacanau était à la fois le symbole et l'un des principaux lieux de sédentarisation, participaient plus ou moins activement à ces activités illicites. Au moins deux fois par an, nous y menions de vastes opérations judiciaires avec la brigade des recherches. L'hélicoptère était souvent utilisé, notamment pour repérer les carcasses de véhicules volés, noyées alentours dans les gravières après avoir été dépouillées de leurs pièces d'intérêt.

Mais en cette soirée d'été, où l'ambiance risquait d'être aussi électrique que festive, pas question pour Nicolas et Vincent de ne rentrer qu'à deux dans le campement pour une voiture volée. Les deux hommes se positionnèrent donc en surveillance à la sortie, en attendant que des renforts en nombre suffisant permettent d'aller récupérer le véhicule recherché. L'objectif était d'aller suffisamment vite pour relever les empreintes et l'ADN à l'intérieur, le risque étant que la voiture soit rapidement brûlée pour effacer toutes ces traces.

Ce soir-là, un jeune homme du camp ne supporta pas de voir notre patrouille stationnée à proximité de l'entrée du Petit-Lacanau. Il s'empara d'une carabine et tira sur les deux gendarmes. Nicolas eut le bras transpercé par une balle, qui heureusement ne toucha aucune zone vitale – pris en charge rapidement, il fut hospitalisé sur l'heure. La sensibilité de l'intervention changea donc du tout au tout : il ne s'agissait plus de retrouver un véhicule volé, mais l'auteur des coups de feu, responsable de blessures sur un gendarme. Par quelques renseignements obtenus auprès de nos contacts, on sut rapidement qui se vantait d'avoir tiré… Aussitôt, autorités et enquêteurs convergèrent à la brigade. Ceux qui étaient présents décrivent avec précision ce moment rare où le colonel commandant le groupement prit le combiné radio et s'adressa à l'ensemble des patrouilles du département. Expliquant qu'un des nôtres avait été visé et touché par un tir, il demanda à toutes les unités du groupement de faire envoyer un maximum d'équipes à la brigade de Blanquefort le lendemain matin à la première heure.

Une fois constitué un détachement d'intervention de circonstance, le camp fut investi aux aurores et l'auteur interpellé. Celui-ci finit par reconnaître les faits dans la dernière heure de la prolongation de garde à vue… Le parquet ayant fait le choix de ne pas retenir la tentative de meurtre ou d'assassinat, qui l'aurait conduit à la cour d'assises, il fut jugé en comparution immédiate. Libéré de prison un peu moins de quatre ans après, je devrais le rencontrer dans les derniers mois de mon commandement.

Quant à Nicolas, il récupéra intégralement de sa blessure au bras et put reprendre quelque temps plus tard la totalité de ses missions de gendarme. Je ferais sa connaissance un an après, lors de la réception de chacun de mes personnels à la suite de mon affectation. Lors de ce premier contact, je fus frappé par sa solidité psychique et son état d'esprit positif et serein : bon camarade, il faisait toujours passer le service et le collectif en priorité. Vincent, présent à ses côtés le jour du tir, était lui aussi d'un naturel calme, et ne paraissait pas davantage marqué par cet événement.

J'ai néanmoins craint pour tous les deux qu'un événement ultérieur puisse réveiller une douleur post-traumatique. Celui-ci aurait pu survenir le jour où je les avais commandés tous les deux ensemble en patrouille, et où ils furent appelés pour une personne qui ne répondait plus au téléphone. S'agissant d'une personne âgée, Nicolas et Vincent se préparaient déjà à retrouver un cadavre en visitant la maison. Ce qu'ils allaient bien découvrir, mais pas exactement selon le scénario attendu.

Alors qu'ils venaient d'entrer dans le pavillon, ils entendirent une détonation d'arme. Première conclusion réflexe : « Merde, ça recommence ! » Mais il ne s'agissait pas d'un *remake* car le tir, unique, ne leur était pas destiné. L'homme, dans la pièce voisine, venait de mettre fin à ses jours. Nous ne saurons jamais s'il aurait fallu que la patrouille arrive une minute plus tôt pour empêcher ce suicide ou si, au contraire, l'homme guettait les gendarmes et avait délibérément attendu leur présence pour en finir… Cette seconde confrontation avec des tirs devait définitivement consacrer le binôme « chats noirs » de la brigade. Et si les circonstances avaient heureusement, cette fois-ci, limité le risque de traumatisme psychologique, je craignais cependant un possible dangereux écho en eux, et les débriefais dès leur retour. Mais ils me rassurèrent : ils avaient totalement dominé l'événement et leurs émotions. Ne pas avoir eu de confrontation ni visuelle ni physique avec le malheureux leur avait épargné le choc bien plus puissant qui serait advenu si l'homme avait attendu le face-à-face pour tirer.

Malchanceux, mes deux chats noirs ? Certainement. Mais ce sont eux, ces héros du quotidien, qui mettent leur vie en danger un jour et tentent d'en sauver une le lendemain…

Parfois, cette dernière action est couronnée de succès. Ce fut notamment le cas ce jour où Olivier et Dominique, deux autres gendarmes de la brigade, sont arrivés à temps pour sauver une femme qui s'était ouvert les veines dans son bain, en la sortant *in extremis* de sa baignoire, où elle allait se noyer, puis en appliquant des points de compression tout en appelant les secours. Ou ce jour où une autre femme s'était là encore ouvert les veines, mais dans sa voiture, et où nous avions pu la géolocaliser grâce à son téléphone, faire repérer juste à temps le véhicule par l'hélicoptère, lui-même appuyant un dispositif de recherche au sol. Ce jour-là, par une manœuvre collective, nous sommes parvenus, avant qu'il ne soit trop tard, à la faire prendre en charge par les secours, qui lui ont sauvé la vie.

Émergent aussi parfois des sentiments de frustration, comme après le sauvetage *in extremis* d'une autre femme par le PGHM. Celle-ci avait annoncé son désir de mettre fin à ses jours et la brigade de Meylan, partie à sa recherche, avait repéré sa voiture au parking du col de Vence, à l'entrée du massif de la Chartreuse. De là, une marche de moins d'une heure permettait d'atteindre des barres rocheuses au pied desquelles nous retrouvions trop souvent des corps de personnes dépressives. Engagés sur sa trace en hélicoptère, les secouristes du PGHM repérèrent la jeune femme au moment même où elle sortait du sentier et s'approchait de la barre. L'un d'eux sauta pour la maîtriser et la raisonner, avant qu'elle ne soit prise en charge et hospitalisée. Mais quelques jours plus tard, ayant quitté l'hôpital, elle repartirait en voiture et parviendrait cette fois à sauter du même endroit…

Les camarades du PGHM vécurent avec beaucoup d'amertume cette issue fatale. Quel ascenseur émotionnel, quand on apprend la mort d'une personne qu'on a sauvée au même endroit quelques jours plus tôt ! Et quelle révolte lorsqu'on se dit que la prise en charge médicale n'a pas pu ramener la victime hors de danger, alors qu'on la croyait secourue !

Ces événements ne sont, pour beaucoup, que des épisodes passagers de chroniques lues jour après jour dans les faits divers du quotidien régional. Épisodes que le lecteur oublie tout aussi vite et sur lesquels il retombe parfois, par hasard, juste avant que l'allumette ne s'apprête à enflammer de vieilles pages un peu jaunies, froissées dans l'âtre de la cheminée… Pour les gendarmes départementaux que nous sommes, ces drames et ces joies vécus au plus près ne sont pas fugaces : ils s'empilent dans un coin de notre mémoire. Les événements les plus heureux d'entre eux, lorsqu'ils s'accompagnent d'une action d'éclat, viennent parfois alourdir le placard de médailles portées sur la tenue lors des grandes occasions. Mais dans tous les cas, la pile de faits divers reste enfouie et cachée dans notre tête ; nous devons apprendre à vivre avec cette collection de souvenirs. Je forme le vœu que ce voyage au cœur de la gendarmerie départementale, dans une de ses réalités les moins connues, puisse participer à une prise de conscience. Celle que nos gendarmes, héros du quotidien, doivent faire appel à d'immenses ressources émotionnelles au profit de ceux qu'ils servent. Personnes disparues, décédées, suicidaires. Familles en larmes. Ils ont le devoir de se conduire avec humanité et de s'y préparer solidement, psychologiquement et émotionnellement. Individuellement et collectivement aussi car, pour toutes ces personnes au quotidien, ils doivent répondre présents face à la mort.

Épilogue

Mai 2022. Alors que ce texte est quasiment terminé, je reçois un courriel de Marc.

« Mon colonel, à titre de compte rendu, le lien ci-dessous vers un article du jour du *Dauphiné Libéré*. Il parle de Loïc, que nous avions recherché… Et retrouvé décédé plus tard au pied d'une barre rocheuse[1]. »

L'article annonce un rebondissement dans cette affaire qui nous avait occupés trois jours durant, avec notamment 24 heures non-stop passées avec Marc et d'autres à fouiller les contreforts du massif de la Chartreuse, tout autour du centre pour personnes autistes où Loïc résidait.

Une lettre anonyme vient d'accuser Nordahl Lelandais d'être lié à son décès. La presse nationale relaye l'affaire avec d'autant plus de ferveur que nous sommes seulement quelques mois après le procès du meurtrier de la petite Maëlys. La disparition de cette fillette, en août 2017, de l'autre côté du massif de la Chartreuse, avait fait la une des journaux et rendu

1. Cf. chapitre 1.

tristement célèbre son meurtrier. La recherche puis la découverte, près de six mois après son enlèvement, du corps de la malheureuse, auront tenu en haleine la France entière, tout autant que les multiples rebondissements dans les déclarations du criminel.

Dans notre affaire, selon le quotidien régional, le parquet de Grenoble a rouvert une enquête après avoir été saisi par une association dédiée aux familles des personnes disparues. C'est elle qui a reçu la lettre anonyme, dont l'auteur affirme être un ami du meurtrier. Un jour de 2012, alors qu'ils se rendaient à Saint-Hilaire du Touvet, tous deux auraient croisé « un individu bizarre qui marchait au milieu de la route ». Lelandais se serait arrêté, serait descendu de voiture puis aurait insulté la personne, qui se serait enfuie dans la forêt. Pas grand-chose de concret, donc, mais suffisamment pour que certains en concluent implicitement que cette altercation aurait pu concerner Loïc et être à l'origine de sa mort, d'autant que la route bordant le centre pour personnes autistes pouvait effectivement mener à Saint-Hilaire du Touvet. Et que sa disparition, accessoirement, était aussi survenue en fin d'après-midi, le samedi de la coupe Icare, jour où nombre de personnes venaient faire la fête à Saint-Hilaire.

Les liens, de mon point de vue, s'arrêteront vraisemblablement là. La probabilité que Nordahl

Lelandais ait emprunté cette route est faible, car celle-ci ne mène quasiment nulle part, excepté au col du Granier. La probabilité qu'il y soit passé au moment précis où Loïc y marchait est encore plus infime, d'autant que celui-ci ne devait *a priori* que la traverser pour se rendre à la traite des vaches. Et même si cela avait été le cas, il aurait fallu que Loïc soit sacrément paniqué pour courir jusqu'aux barres rocheuses et y tomber, alors que celles-ci sont situées à plus de six cents mètres de la route.

Le doute n'en est pas moins semé et l'enquête ouverte. Fort heureusement, nos opérations le jour J avaient été minutieusement rapportées : outre les procès-verbaux relatant nos recherches, ceux de la découverte du corps et de l'autopsie seront certainement exploités par les enquêteurs.

En ce qui me concerne, s'il ne m'appartient pas de conclure, j'ai rapidement écrit au patron de la section de recherches de Grenoble, chargé de l'enquête depuis la disparition de Maëlys, pour lui dire que je me tenais à sa disposition. Outre le témoignage qu'ils pourront me demander d'apporter sous forme d'audition, je leur signalais, pour le cas où cela leur serait utile, que ma carte IGN portait toujours les indications des recherches réalisées ce jour-là. Je l'avais conservée, avec une photo de Loïc parue dans les journaux, comme souvenir de notre engagement pour tenter de le sauver. Elle sera peut-être utilisée pour impliquer, ou disculper, Nordahl Lelandais de la responsabilité de sa mort.

Mais l'implication, réelle ou supposée, de Lelandais, ne changera pas l'essentiel. Si pour Marc, Stéphane, Sébastien, pour moi, comme pour beaucoup d'autres, nous avons toujours cette affaire en tête, c'est que pendant trois jours, nous avions entre nos mains la responsabilité d'une vie. Peu importent les raisons, il nous fallait tout faire face à la mort. Le sens profond de notre mission.

Remerciements

Je tiens à remercier ici le général d'armée Christian Rodriguez, qui a accepté de préfacer cet ouvrage avec enthousiasme.

Je remercie également le général de division Jean-Valéry Lettermann et le colonel Frédéric Labrunye pour leur soutien amical et leurs encouragements tout au long de ce travail d'écriture. J'associe leurs équipes au SIRPA gendarmerie et au cabinet du DGGN, pour leur complicité.

Cet ouvrage n'aurait pas vu le jour sans le soutien inconditionnel de mon épouse et la patience de mes enfants. Tout aussi précieux furent les relecteurs qui m'ont accompagné et conseillé, en particulier Anne-Claire Frémy et Richard Robert. Merci à Bruno Nougayrède d'avoir accepté de publier ce livre et à toute l'équipe des éditions du Rocher, en particulier à Christophe Carichon, Arnaud Folch et Agnès Vidalie, de m'avoir conseillé avec bienveillance et professionnalisme. Je n'oublie pas non plus l'accueil de l'hôtellerie de Saint-Wandrille dans le silence de laquelle beaucoup de ces lignes ont été écrites. Que tous ceux qui m'ont soutenu de près ou de loin dans l'écriture de ce livre soient ici chaleureusement remerciés.

Je remercie surtout l'ensemble des gendarmes de tous grades rencontrés durant ces sept années de commandement, tant mes chefs successifs que mes adjoints et subordonnés. Mais aussi mes camarades officiers, notamment les voisins de circonscription, qui sont pour la plupart rapidement devenus des amis. Certains sont cités dans ces pages, les visages et prénoms de beaucoup d'autres m'ont accompagné en écrivant ces lignes. Ils reconnaîtront des événements auxquels ils ont participé de près ou de loin. C'est avec eux et grâce à eux que j'ai appris ce métier passionnant, et que j'ai forgé mon expérience du commandement. Mais c'est surtout grâce à nos aventures collectives et nos échanges que j'ai pu entamer cette réflexion sur le sens du métier de gendarme, qui cherche à tout prix à protéger la vie alors que la mort est déjà parfois bien présente.

Enfin, je voudrais citer ici l'adjudant-chef Sébastien Thomas, dit Sébio, mort en montagne en mission en 2013. Un an avant, il avait été brièvement mon instructeur lorsque j'avais passé un test montagne à Chamonix, au centre national d'instruction au ski et à l'alpinisme de la gendarmerie. Je garderai un excellent souvenir de ces trois jours passés ensemble, trois jours qui m'avaient permis de me rapprocher de la communauté du secours en montagne avant de prendre le commandement de ma compagnie.

C'est en sa mémoire qu'est née l'association dont il avait rêvé. Sébio Solidarité Secours en Montagne soutient les familles des gendarmes de montagne en cas de coup dur. Merci aux bénévoles qui s'investissent dans l'association, et dont l'engagement dépasse désormais le cadre des familles de la communauté montagnarde : ils accueillent des orphelins de la gendarmerie en séjour neige ou des blessés en service pour participer à la reconstruction par le sport. Et merci au bureau d'avoir accueilli avec enthousiasme la proposition que les droits d'auteur de ce livre soutiennent les actions de l'association.

Sébio Solidarité Secours en Montagne

Au cours de l'année 2013, de nombreux accidents sont survenus au sein des unités montagne de la gendarmerie. Six personnels ont perdu la vie dans le cadre de leurs missions.

Parmi ces victimes, il y a l'adjudant-chef Sébastien Thomas (Sébio), affecté au centre national d'instruction de ski et d'alpinisme de la gendarmerie à Chamonix (CNISAG). Il avait un projet à cœur : créer un dispositif qui pourrait venir en aide aux secouristes, à l'instar de la caisse de secours de la compagnie des guides.

C'est en sa mémoire que ses proches ont décidé de donner vie à cette association.

Elle a pour fondement le renforcement de l'esprit de solidarité et d'entraide entre gendarmes de montagne. Dans ce but, elle favorise l'organisation d'actions de cohésion ainsi que d'évènements rassembleurs pour ses membres et les familles des victimes.

Son objet est d'aider et d'accompagner les gendarmes de montagne victime d'un accident ou d'une maladie et d'apporter une aide à leur famille. À titre exceptionnel, cette aide pourra s'adresser également aux partenaires du secours en montagne.

Cette association adhère à la charte
Gendarmerie des associations.

https://www.sebio-ssm.fr

https://www.facebook.com/profile.php?id=100069772974768

Table

Achevé d'imprimer par CPI BRODARD ET TAUPIN,
en décembre 2022
N° d'imprimeur : 3051057

Dépôt légal : janvier 2023

Imprimé en France